ここで唐揚げ弁当を食べないでください

小原晩

実業之日本社

もくじ

東京生活

それから

あたらしい東京生活

東京生活

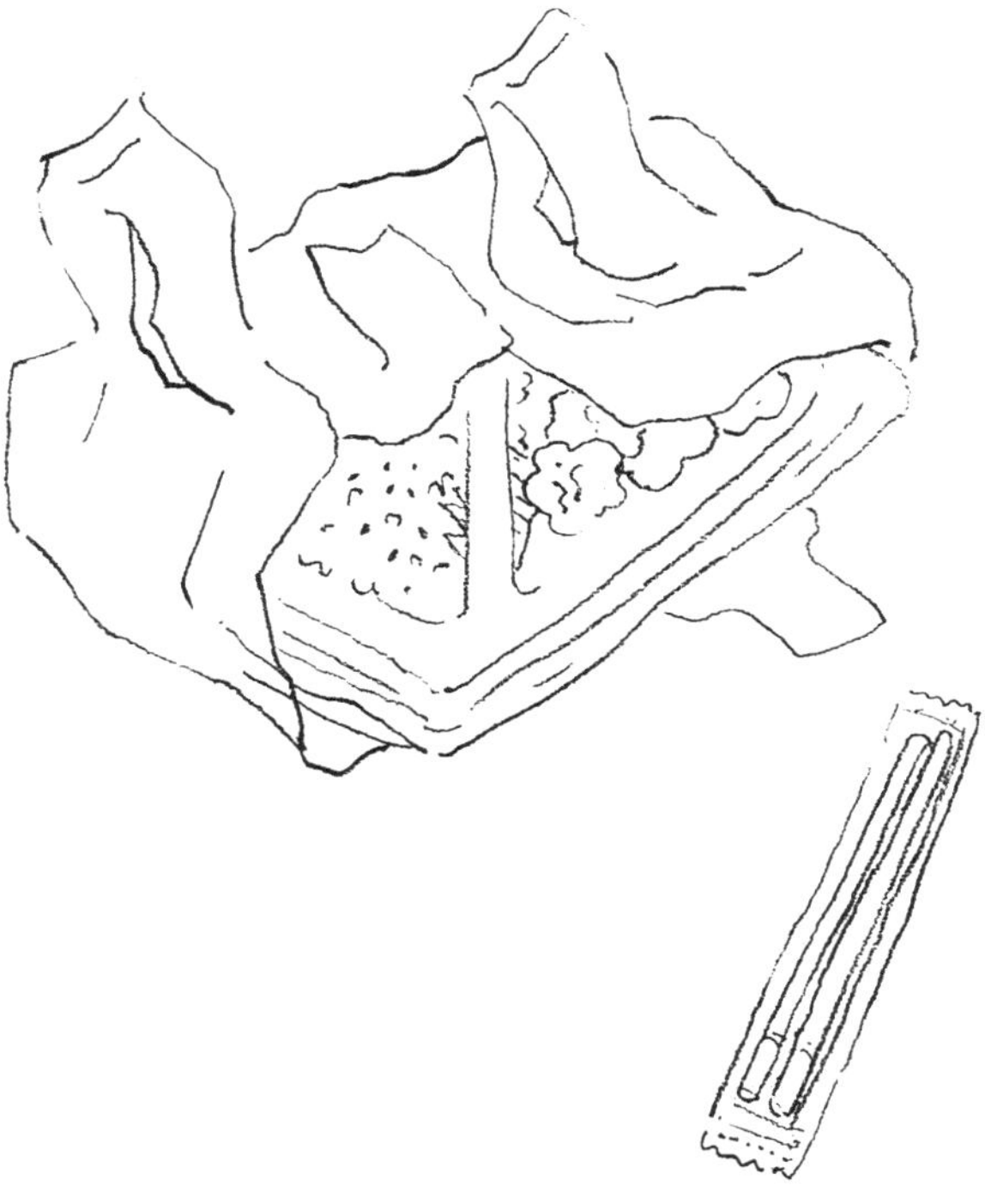

ここで唐揚げ弁当を食べないでください

社会人一年目の夏。仕事に慣れてきた私はサボることを覚えた。先輩にバレないルートでファミリーマートまで行って、唐揚げ弁当を買い、建物と建物の隙間に入って唐揚げ弁当をむさぼり食う。ここは日陰で涼しいし、心地良い風も吹く。

私はこの隙間が気に入って、幾度もここでサボっては唐揚げ弁当を食べた。ファミリーマートの唐揚げ弁当には細切りの黄色いたくあんが入っているから好きだった。マヨネーズがついている時期もあった。

ある日、唐揚げ弁当を持って、いつもの場所へ行くと、

「ここで唐揚げ弁当を食べないでください」

と、書かれた紙が張り出されていた。私は驚いた。バレていた。青山というお洒落な街の建物と建物の隙間でファミマの唐揚げ弁当を食べている人間が存在するということがバレていたのだ。思わず唐揚げ弁当を落としそうになった。いや、落とした。落とした唐揚げ弁当を拾い上げて、走った。逃げた。どうしよう。どうしよう。どうしよう。息は上がり、身体中の毛穴から汗が噴き出る。唐揚げ弁当を抱きしめて、表参道を遮二無二駆け抜ける。

斯《か》くして、私の東京生活が始まった。

渋谷寮の初夏

高校を卒業し、実家から出て会社の寮に入った。

渋谷PARCOと東急《とうきゅう》ハンズの間に立つビルの四階で、朝も昼も薄暗い。どぎついビビッドピンクの天井に、どぎついビビッドパープルの壁。金色の額縁には社長の写真が飾られている。

寮といっても、一人に一部屋ずつ与えられているわけではなく、一部屋に二段ベッドがびっちり置かれているドミトリーの相部屋寮である。二段ベッドにかかっているどぎつい豹柄《ひょうがら》のカーテンによって、プライバシーは一応保たれている。

一番手前に置かれた二段ベッドの上の段が私のスペースで、このなかに服も貴重品も本も調味料も夢も希望も詰め込まなければならない。ぎゅうぎゅうのきゅうきゅうだ。

最大で十二人が住めることになっているこの女子寮には、私の他に、七人の女が住んでいる。

朝七時四十五分になると豹柄のカーテンをピシャリと開けて、「もぅ起きないと間に合わないよぅ」と起こしてくれるこころ優しい先輩や、「靴は安い方がいい、どうせ壊れんだよ」が口癖のヒールの折れた靴を玄関に散乱させている寮長や、「自炊せねばです」と言いながら四角いおにぎりを毎晩量産している同期などがいた。


月十二万円の給料から色々引かれて、手取りの十万円と小銭を現金手渡しでもらう。そこから寮代の四万円と水道光熱費の五千円を寮長に支払うと、残りは五万五千円である。

さて、どう使おうか。

給料日まで、あと一週間。連休を迎えた私は浮かれていた。散歩がてら代官山へ出掛けた。

手が滑って黒のワンピースを買った。おっと、財布の中が、残り二百円ぽっち。なんてこったい。だがしかし、いろいろ考えても仕方なし、ひとまず眠ることにする。昼過ぎに起床。昨日より、ぼんやり暑い。そうなると、アイスが食べたい。食べたくて仕方がない。寮を出てすぐ横にあるデイリーヤマザキへいく。もう美味しいとわかっているチョコモナカジャンボを買えばいいものを、新発売のアイスをつい買ってしまった。食べてみるが、うーん。可もなく不可もなし。つまらないアイスだ。つまらないアイスを食べて、私の財布は、お察しの通り空っぽである。

それからの一週間は、粗相した愛犬の後始末をするように、説教を垂れながら愛情深い先輩方が私の世話をしてくれた。ある人は賞味期限がきれたパンをわけてくれた。ある人はおにぎりとカップ味噌《みそ》汁を買い与えてくれた。ある人はローソンでPontaポイントをためるとカップラーメンなどと引き換えることが出来ることを教えてくれて、「今回は特別に」と言って先輩のPontaポイントでカップラーメンを買ってくれた。その可もなく不可もないはずのカップラーメンが、とんでもなくうまかった。

仮眠と青山

朝から晩まで働き詰めの毎日を繰り返すうちにどんどん睡眠時間は短くなって、気がつけば四時間くらいしか眠る時間がなくなっていた。もはや宗教的ともいえる会社の思想に悲鳴を上げる気力もなかった。というよりは、どこまでも、どこまでも何も知らなかった。

店の近くのビルで御手洗いを借りて、誰もいなかったものだから、化粧スペースに腰を落とした。自分の顔を鏡に映すと、目の下のくまが深いグレーだった。もうなにがなんだか、すごくつまらない気持ちになって、ため息をついた。はあ。ふう。ひぃ。はあ。ふう。すう、すうーっ。すうーっ。すうーっ。すうーっ。いつの間にか眠っていた、ぐっすりと。

人の気配でビクッと起きて「なんですか……」という表情を一瞬でつくり上げて、
「なんですか、なんなんですか、なんなんなんですか、なんなんななんな……」
と、ぶつぶつ言いながらビルを飛び出す。
それにしても、青山の御手洗いって寝心地が良い。
あたたかい照明、ふかふかの椅子、すずしい空調。……完璧だ。
人並みに眠りたいって願うとき御手洗い場はピカピカひかる

赤坂と神様

十九歳の時、とにかくお金がなかった。すがすがしいほど貧乏だった。給料日までかなりあるのに、私の財布の中には百円玉が一枚と、十円玉や五円玉、一円玉がちゃらちゃらちゃら鳴るだけ。それでも特に気にしなかった、いくら気にしたってお金は手に入らないのだから。

○時過ぎに青山で仕事が終わって、先輩の寮がある赤坂《あかさか》まで自転車を漕《こ》いでいた。まだ十代だった私は先輩と夜通し話すことが楽しくて仕方がなかった。真夜中をグングンと漕ぐ、風をビュンビュン切りまくる。その時、「光が落ちていた?」そう思った。それからすこしだけ進んだけれど、「いや、やっぱり、光が、落ちて、いたような気が」

と思って、ペダルから足を離して、つま先を地面にちょこちょこつけて、光の元へ戻った。

ああなんということだろう。五千円札だ。都会の床に、五千円札が落ちている！　五千円札に街灯の光が落ちて、まるでスポットライトに照らされているみたいだ。なんてロマンチックなんだろう。私はひらりと五千円札を拾い上げた。まわりを見渡して、五千円札を落としたふうのおじさんがいないか入念に確かめた。いなかった。

「そうか、わかったぞ、神様はいるんだ」

と思った。私は五千円札をぎゅっと握りしめ、先ほどよりも力強く自転車を漕いだ。

その時、私は、風そのものになっていた。

赤坂に着いて、風から人間に姿を戻し、寮の下に先輩を呼び出した。ことの経緯を話すと、

「なにが神様だ！　交番に届けろ！」

と怒られた。生きながらえるためにはこの五千円が必要だと必死に訴えたが、「どんなに貧乏でも人間としての尊厳を失ってはいけない」と先輩は言った。私は、尊厳

という言葉がすごく難しい言葉のように思えて、一瞬混乱したけれど、なんだかとても大切なもののような気がして、それを決して失ってはいけないと思った。神様からの五千円札は、交番に届けると決めた。

無人だった交番の机に五千円札を置き、「落とし物です」とメモ書きを残して、交番を出た。

五千円惜しさにふるえる私を先輩は馬鹿にしなかった。

「牛丼行くぞ」と言って先輩はいつものすき家へ歩き出す。

「今日は大盛りで、しじみ汁もつけていいですか？」と聞いたら頭を小突かれた。

神様はいるいないいいるいないいいるひまわりもぎ取り占いましょう

若者

私は母に憧れて、美容師になりたいと思った。重労働だからとか安定しないからとか稼げないからとか言って母は反対したけれど、私はそんなことは深く考えず、「一度きりの人生に安定を求めたりしない！」とかなんとか言い出して、私はついに美容師になった。

初めて働いたのは青山の美容室だった。

朝礼がおわると、先輩たちがぞろぞろと店から出ていく。何をしにいくのか聞ける雰囲気でもない。とにかく私は店に残されてぽつんと突っ立っていた。

ある日、「今日は一緒に行こうか」と一年上の先輩に外へ連れ出された。

黙ってついていくと、表参道についた。春風がつめたい。

「とりあえず後ろで見てて。にこにこして、うなずいてくれたら、それでいいから」

私はにこにこうなずきながら先輩の後ろに張りついた。

先輩はしばらく辺りを見回してから、四十代くらいの女性に声をかけた。

「すみません。僕、美容師なんですけど。髪とか、最近どうですか？」

「えっ、はあ、まあ、そうねえ」

「よかったら、お店近くなんですけど、今から髪を切りませんか？」

「あぁ…そうねえ…でも今は…………約束があるので」

その場を去る四十代女性。


先輩はくるっと振り向いて「まあ！　こういうこと！」と言った。

どうゆうことだ！　キャッチだなんて、居酒屋じゃあるまいし。

私は恐ろしくなり、にこにこにこにここくこくこくこくうなずいた。

この行為は、キャッチではなく、ハントと呼ばれていた。つまり、狩り。

狩り？　ビョウシ…狩リモ…シゴトノ…ウチ？　日に日に疑問は膨れ上がった。

夏を迎える頃には、私は一人で狩りに出るようになっていた。街行く知らない人に声をかけては、ぴいちくぱあちく喋《しゃべ》って、さっきまで髪を切る気なんてなかった人の承諾を得ては、店まで連れて行き、スタイリストが施す。嫌々でも繰り返しやっていると、脳は麻痺《まひ》し、心は鈍り、身体《からだ》には行為だけが染みこんでいく。私はひたすら狩りをした。結果はすぐに出た。月に百人は、店に連れていった。私は狩人と呼ばれるようになっていた。カラーの練習をする時間はなかった。朝も、営業時間も、夜も、休日も、街行く人を狩るようになった。


秋口、私は社長の提案で大阪出張に行くことになった。大阪にも姉妹店があったのだ。初めての大阪、初めての出張。一週間もしないうちに高熱を出した。頭がふらふらして、すごくお腹《なか》が痛かった。しかし狩りのやり方は、身体で、脳で、くちびるで覚えているから、声をかければ自然に人はついてくる。あたしゃプロの狩人になったんだなア、なんてぼんやり考えていた。

日が暮れて、店の前にあったはなまるうどんで塩豚おろしぶっかけを食べた。なんの味もしなかった。学生時代から愛しているこの味が、全くわからない。無味の麺をモニョモニョ食べているうちに、もう辞めようと思った。そのまま新大阪駅に向かい、東京行きの新幹線のチケットを買って、やかましく鳴り続けるiPhoneの電源を切った。車窓の景色を見ているうちに、頭痛や腹痛は消えた。

翌日、先輩に呼び出され、渋谷のルノアールで辞めるなと六時間かけて説得された。六時間もいたのにオレンジジュース一杯しか飲ませてくれなかったので、とにかく喉が渇いた。

喉の渇きが潤った頃、銀座の美容室で働き始めた。オーナーの女性美容師がひとりで営む小さな店だった。後から聞いたのだけど、「面接に来た時、目は泳いで、クマは真っ青で、声も小さくて、捨てられた犬みたいだった」から採用してくれたらしい。とても綺麗《きれい》で、優しい人だった。私は彼女のもとで穏やかな美容師生活を送った。

ある日、私がカットの練習中に指を切ると、彼女は私のもとへ急いで来てくれて、血が滲《にじ》む人差し指に金色の液体をシュッと吹きかけて、にっこり笑いかけ、「これで大丈夫」と言った。

はて、なにかの薬だろうか。それからというもの、堰《せき》を切ったように私が食べているセブンイレブンのスパゲティにもシュッ。白ニキビにもシュッ。もうめんどくさいのか、舌に向かってシュシュシュシュッ！「うん、これで大丈夫」はて、なにが大丈夫なんだろう。

彼女はその金色の液体を、店のお客さんにも売っていた。案外お客さんもすんなり買っていた。それは明らかに、喫茶店でよくみる怪しい人たちが勧誘している類《たぐ》いの不気味なビジネスだった。ふと気になってレジの下に置いてある分厚いファイルを開いてみると、そのビジネスの仕組みが事細かく書いてあり、私はだんだん恐ろしくなって、穏やかな生活を手放すことにした。

何を思ったか、雑誌に特集されるような美容室に面接を受けに行った。タイミングの妙か、私のような明らかな田舎者がまさか面接に受かり、原宿で働くことになった。その店には、いわゆるカリスマと呼ばれる美容師がいた。私はその人に認めてほしくて、あれもこれも頑張った。

奥二重が、ぱっちり二重になるほどよく働いた。カリスマと呼ばれる人たちには自分のルールがあって、そのルールは絶対であって、それでいて日々更新される。鬼畜な毎日は刺激的だった。ある日、どうにも納得のいかないことに抗議し、結局は頷いてしまった。その帰り道、生きていることが恥ずかしくなって、疲れて飽きてやめた。

十八歳の春から季節は二度巡って、二十歳の春を迎えていた。
私は目をつぶって思い出す。遠き四季よ。青き四季よ。勢い余って腐った四季よ。
それは狩人と呼ばれた夏。
それは銀座の街が金色に霞《かす》んだ春。
それは暴力の、横で降る雪。

銀座、ふたりきり

愛着のあるラーメンは、東京にふたつある。

ひとつは新代田、BASSANOVA《バサノバ》の豚濁和出汁《とんだくわだし》ソバ。

ふたつめは銀座、船見坂《ふなみざか》の塩そばである。

新代田には住んでいたことがあるし、銀座では働いていたことがある。

どちらも未《いま》だ、ときどき無性に食べたくなる。そうなれば、わざわざ行くし、その街に行く予定があるときは、かならず寄って食べている。

ラーメンをすすっていると、一緒に食べたひとのことをおもいだす。

私を船見坂に連れていってくれたのは、銀座の美容室で働いていたときのオーナーだった。銀座の店はちいさな店で、スタイリスト（髪を切ったり、カラー剤を選んだり、パーマをかけたりするひと）はオーナーのひとりだけ、アシスタント（シャンプーしたり、髪を乾かしたり、もろもろ、てつだうひと）は私ひとりだけであった。

オーナーはきれいなおんなのひとで、独身で、私が苗字《みょうじ》で彼女を呼ぶと、下の名前にさん付けで呼んで、と言った。私は言われた通り、彼女を下の名前にさん付けで呼んだし、彼女は私を下の名前を呼び捨てた。

彼女は親切なひとだった。やさしく、ていねいに技術をおしえてくれたし、きちんとお給料をくれたし、週に一度の休日をくれたし、お昼ごはんを食べる時間だってあったし、怒ることは滅多になかったし、怒ったとしても次の日にはけろっとしていてくれた。

私が便秘だといえば、豆乳バナナジュースなるものをすすめてくれて、毎日つくってのませてくれた（これは、のちのち、私が豆乳アレルギーだということが発覚し、とりやめとなった）。豆乳がだめなら、つぎは、とすすめられたのが、船見坂の味噌そばだった。

お店が終わったあと、ふたりで船見坂の食券機の前に並び、彼女は私に味噌そばを奢《おご》ってくれた。彼女はいつもかならずだしてくれた。すみません、ありがとうございます、言う私に彼女は笑顔でうなずいて、おなかすいたね、と言う。

カウンター席にふたりで並び、いまかいまか、と待ち構え、味噌そばができるまでの様子にふたりして釘付《くぎづ》けになる。熱々の味噌そばは量もたくさんで、がっつりとおいしい。私はたいへん満足し、彼女も、これでばっちり、と親指をたてている。私の便秘など彼女にはこれっぽっちも関係がないのに、こんなことまでしてくれるなんて、相当のいいひとである。

便秘への効果はよくわからなかったけれど、私はかなり船見坂を気に入って、ひとりでも足を運ぶようになり、そのたびにあれこれと食べてみた結果、塩そばがいちばんのお気に入りになった。

彼女はときどき、良いごはんやさんにも連れていってくれた。覚えているのは良い串カツ屋と、良い蕎麦屋である。

串カツといえば串カツ田中である私に、ほんものの串カツを教えてあげよう、と連れていってくれたのだ。私は高級な串カツをつぎからつぎへと平らげた。串カツ田中もおいしいが、高級な串カツはふれればこわれてしまいそうな繊細な感じがした。かじるたびに、おいしいね、おいしいですね、と言い合ううれしさを私は忘れない。

蕎麦屋では、蕎麦をすすりすぎて怒られたことをよくおぼえている。

蕎麦は、ズーーッとすするものだと思っている。音をたて、ひと思いに、ズーーッである。そうすることで蕎麦の本領を発揮できると考えているから、私は蕎麦を大いにすする。

「あんまり、音をたてたら恥ずかしいよ」

彼女は言った。私はたぶん顔を赤くして、それで、隠れたいようなきもちになって、ちょっと納得のいかないようなきもちにもなって、しかし、この蕎麦も、この高級な蕎麦も、彼女がきっとお代をだすのだから、くちごたえなど、もってのほかで、はあ、はあ、と思い、すみません、気をつけます、ともごもご言ったのだった。音をたてずにすする方法もわからず、仕方がないから、嚙《か》みながら食べた蕎麦はおいしくもなんともなかった。こんなことで、文句を言う自分がいやだった。彼女は私が外で恥をかかないために、言ってくれていることはわかっているのに。けれど私は、すすれないならパスタを食うぞ。そういうこころもちで生きていたから、仕方がないとも、いえるだろう。

私はよく、彼女に「いちばん楽しかった思い出はなんですか」だとか「いちばんおいしかったものはなんですか」だとか「いちばんすきな街はどこですか」とか「いちばんうれしかったプレゼントはなんですか」と聞いた。

自然なコミュニケーションの方法がわからなくて、毎日ひとつ質問を考えてから、出勤していたのである。

彼女は「いちばん、ばっかり聞くねえ」と途中から呆《あき》れながらも答えてくれた。

しばらくして、後輩ができた。

ふじさわという、着てくる服のすべてがつんつるてんの男の子だった。

私はときどき、船見坂にふじさわをつれていって、ラーメンを奢った。私は「先輩」のやり方を彼女に教わったのである。

翌日、ふじさわは彼女にそのことを言ったらしく、私は彼女に呼びだされ「奢らなくていいんだよ、ふたりのお給料はそんなにかわらないんだから、いいのいいの、そんなことしなくて」と私のお財布を気づかった。

彼女に誕生日プレゼントを渡すと「こんなことしなくていいんだよ。私はお給料の額知ってるんだからね。自分のために使いなさい」と言った。でも、うれしそうにしてくれた。

けれど、私は彼女の店をやめて、ちがうところへ行くことにした。

話し合いの場がもたれることになった。

彼女はタコライス弁当を用意して待っていた。

「タコライス、食べる？」

彼女は言って、二つ重なっているうちのひとつを私に手渡した。

「いただきます」

彼女は怒らず、私の話をきいてくれた。

私の話がひととおり終わると、そっかあ、とつぶやいてタコライスをひとくち食べた。それから、しくしく泣きだした。

「笑顔が支えになってたからなあ」彼女は言った。しくしくとしくしくの間に言った。

まさか自分のことをそんなふうに思ってくれていたなんて思わなかった、と書こうとして、書きながら、ほんとうは彼女がそうやって、たいせつに思ってくれていたことを、私はわかっていたんじゃないかという気がしてくる。

わかっていて、彼女のところをやめたのだ。

うらぎるような、ことをしたのだ。

それから、一ヶ月、おしゃべりもなしにただ働いて、最後の日、今日まで働いたぶんのお給料をもらうとき、彼女は、不自然なほど機械的な表情と仕草で私に給料袋を渡した。

私はお礼を言って、店を出ようとしたとき、呼び止められた。

いつものように、下の名前を呼び捨てで。

「あのね、いつ戻ってきてもいいからね。人生はがんばらなくたって、いいんだからね」

私はうなずいて、彼女もうなずいた。
そういう思い出のぜんぶを、船見坂の塩そばをすすると、自分勝手に思い出す。

大人になって

二十歳になるのはとくべつな気分だった。

当時は原宿の美容室で働いていて、練習やらなんやらで終電に乗って帰って、家につくのは〇時を過ぎた頃という日々を過ごしていたのだけれど、私はどうしても、二十歳の誕生日を迎える瞬間（つまりは、十二月二十六日の午前〇時）を、ひとりきり、自分の家で迎えたいと思っていた。これまでの人生をゆっくり振り返りたかったのだ。

十二月二十五日の二十二時半過ぎ。

私は、先輩におそるおそる聞いてみた。

今日はもう帰っていいですか。
えー、だめだよー、物置きの大掃除終わってないでしょー。
終わらせました。
え?
終わらせました、みてください。
はやいね……。
帰っても、いいですか。
うん……。

原宿から渋谷までを走るように歩いた。木々にぐるぐると巻かれた無数の電球たちを無口に撤去する男たちの横を通り過ぎる。明日はもうクリスマスじゃない。明日は私の誕生日、すてきな二十歳の誕生日。京王井《けいおうい》の頭《かしら》線にのって、ゆられて、新代田駅で降りる。駅前のファミリーマートに入って、二十円引きのシールが貼られている、サンタクロースの顔をしたいちごのショートケーキを買って、家までの道を急ぐ急ぐ。歩いて五分、二十三時半頃、自宅のドアを開けよう、と思ったら、鞄《かばん》の中に鍵が見当たらない。うそだよ、うそだよ、と冷や汗をかきながら鞄をひっくり返してもない。店に、家の鍵を忘れてきたのである。愕然《がくぜん》として、しばらくその場を動けない。頭でも冷やそうと、家の近くのベンチに座って、サンタクロースのショートケーキを口いっぱいに頬張る。つめたい風が吹きすさぶ。どうしてこんなことになるんだ、と涙が出そうになる。甘い、甘い、繊細さのまるでない、ぱさぱさとしたやわらかいものが口の中につぎつぎと入ってきては涙がでる。私って、いっつもこう。中学校の卒業式でも転んだし。あふれた涙をコートの袖でぐいぐいぬぐって、すぐ立ち直る。とりあえずは眠れるところへ行こうと考えて、歩いて行ける下北沢の漫画喫茶に泊まることにした。顔色の悪い店員さんは、案外優しい声をしている。なんとかコインシャワーを浴びて、髪を乾かし、漫画にも、ドリンクバーにも、ソフトクリームにも目もくれず、フラットシートでまるくなる。私の人生は今までもこれからも、大体こんな感じなのだろうな、と自分の運命を受け入れはじめている。そうやって、ひとつ大人になったころ、私は二十歳になった。

しばらくまるくなり、自分の人生を振り返ることもなく、パソコンでお笑いをみた。けらけら笑う。元気がでてくる。せっかくだからと立ち上がる。いそいそと、ドリンクバーの前で立ち止まる。プラスチックのコップにたっぷりと小さな氷を入れて、メロンソーダをそそぎいれる。その上に、ソフトクリームを、くるくると巻く。きれいに巻けなくて、どんどん右にずれてゆく。ぶさいくで、ほほえましい。自分の個室に戻り、引き続きお笑いを見ながら、メロンクリームソーダをちびちび食べる。こんなはずじゃなかったけれど、何度だってやりなおせるね。悲しいことばかりでもあるし、うれしいことばかりでもあるね、きっと一生。

夏の記憶に三人で居る

将来は美容師になる、と決めていた私は高校三年生のとき、山野《やまの》美容専門学校の通信課程に入学した。美容師になるためには美容師免許が必要で、美容師免許を取得するには美容専門学校を卒業しなければならなかったためである。

普段、通信生は家で課題をこつこつとやっていればいいのだけれど、春休みと夏休みの間はスクーリングというものがあり、毎日のように学校に通って実技の授業を受けなければならなかった。

そこで出会ったのがなっちゃんとたてのさんだった。

大荷物を抱いて中央線に乗り、新宿で乗り換えて代々木までいく。

夏の日差しのなかを歩いて、汗がでる。桃の匂いのボディシートで体じゅうを拭きあげ、どきどきしながらはじめての学校に入って、はじめてのクラスのはじめての席に腰掛ける。

周りを見渡すと、さまざまな世代の大人たちがいる。

子どもなのは、私と、近くにいるふたつ結びの女の子だけ。目が合って、どちらからともなく話しかけた。それがなっちゃんだった。

同い年ということがわかり、お互いにこころぼそかったこともあって、すぐに打ち解け、私たちは毎日ふたりでお昼ごはんを食べるようになった。

「あの窓際のひといるじゃん、あのひとかっこいい」

昼ごはんを食べおわり、太陽がめらめら照りつける階段でアイスをかじりながら、なっちゃんは言った。

「気になるの？」

「気になるよねえ」

なっちゃんの食べている水色のアイスが溶けて、ぼたっと階段に落ちる。

あっ、とふたり声がでる。

始まったばかりの、夏である。


しばらくして、私たちはとも子さんと仲良くなった。

とも子さんは大人で、普段はヘアメイクの仕事をしていて、美容師免許があるとなにかと便利そうだから通信生になったようだった。とも子さんは、なっちゃんが、あの窓際のひとのことをかっこいいと言っていることを知るやいなや、あの窓際のひとに話しかけ、仲良くなり、昼ごはんを一緒に食べようと誘った。

あの窓際のひと、というのがたてのさんだった。

たてのさんはきれいでよく整った顔だちに似合わず、適当なことばかり言うひとだった。大人だけれど、子どもみたいなひとだった。

それから一週間もしないうちに、とも子さんは学校へ来なくなった。急に仕事が忙しくなったのだと言う。そうして、一ヶ月もせずに学校をやめた。

残された私たちは三人で昼ごはんを食べるようになった。

私たち三人は、昼休みのたびにアイスじゃんけんをした。

じゃんけんに負けたひとりが、勝ったふたりにアイスを奢るという簡単な遊びで、私たちは毎回飽きることなく、負けたひとりを「ばか」「あほ」「そんなんだから先生にも怒られるんだ」「そんなんだから小テストで二十点をとるんだ」などと勝ったふたりで散々言うのがお決まりで、誰が勝っても誰が負けても、必ずガリガリ君のソーダ味を選んで食べた。

夏の終わり。

ねー海いこう、とたてのさんが誘った。

そもそもたてのさんは昼休みでも、中休みでも、なんでもかんでも、隙さえあれば直射日光のあたるところにふらふら歩いて行って、「海いきたーい」「海ー」「海だー」と小声で叫ぶひとだった。

行き先は鎌倉《かまくら》だった。

私たちはたてのさんの実家の車に乗って、海へいった。なっちゃんは車で、松任谷《まっとうや》由実《ゆみ》の真夏の夜の夢をかけた。水着で海に入る気はそもそもなくて、ぷらぷら鎌倉の街を歩いてから、海の家に行って、ジュースを飲んで、焼きそばを食べた。いつものようにげらげらしゃべっていると、なっちゃんとたてのさんがどんどんと盛り上がってきて、夕焼けのさす砂浜で短距離走をはじめた。私は「よーい、どん」と合図をした。砂浜で、スニーカーの中に砂をたくさん入れながら、疾走するふたりは、ばか丸出しだった。

一年が過ぎた。
私は高校を卒業して、表参道の美容室で働きはじめた。
たてのさんは、あれから半年後には表参道の美容室で働きはじめていた。
なっちゃんは短大生になった。
私はスクーリングをサボりがちになった。
どうしてかというと働いていた美容室には休みがなく、眠る時間もまともに取れていなかったためである。お店に遅刻すれば、先輩に山ほど怒られるけれど、学校に遅刻したところで誰にも怒られないから、学校に通う期間だけは、ぐっすりゆっくり眠っていたのである。

なっちゃんとたてのさんは、この間もきちんと学校に通っていた。

学校に行けば行ったで、授業中になっちゃんが「なんか靴がモゾモゾする」と言い出して、はいていたスニーカーを脱いでみると、クワガタが出てきたことがあった。なっちゃんの弟が実家の玄関でクワガタを飼っていたのだけれど、ある日脱走してそれから二度と見つからなかったらしい。もういないと思われたあのクワガタは、なっちゃんの靴の、ちょうど土踏まずのところにひそんでいたのだ。

靴のなかにいたくせにクワガタをさわれないなっちゃんはコームの先にクワガタをのせて外に解き放った。たてのさんと私は立てないほどに笑いながら、そのさまを見守った。

最後の夏になった。

私の留年が決定した。あまりにも単位がたりなかった。

そのことを報告すると、二人はげらげら笑って、そりゃあそうだろうね、と言った。最後の授業の昼休み。

お弁当を奢ってあげる、とたてのさんが言い出した。びっくりした。たてのさんが大人だということをすっかり忘れていたのである。私たちは三人でときどき行っていた中華屋へ行き、唐揚げ弁当をたてのさんに買ってもらった。白米は大盛りにした。よく三人で座っていた階段に腰掛けて、ばくばく食べた。腹がちぎれるほどの白米大盛りだった。とってもおいしかった。


スクーリングは春と夏、ふたつの季節にあったはずなのに、いつもふたりのことを思うと、夏の記憶として再生されるのはなぜだろう。

学校を卒業しても、私たちは三人で遊びに行ったし、ご飯に行ったし、大人になってからは一緒にお酒も飲んだし、大人みたいな話もするようになった。

あれから十年くらい経《た》って、なっちゃんはドイツで美容師をしているし、たてのさんは美容室の店長になって、休みのたびにサーフィンをしているらしい。私は美容師を辞めて、ぶらぶらと生きている。また三人で海へ行きたい。夏の海へ。

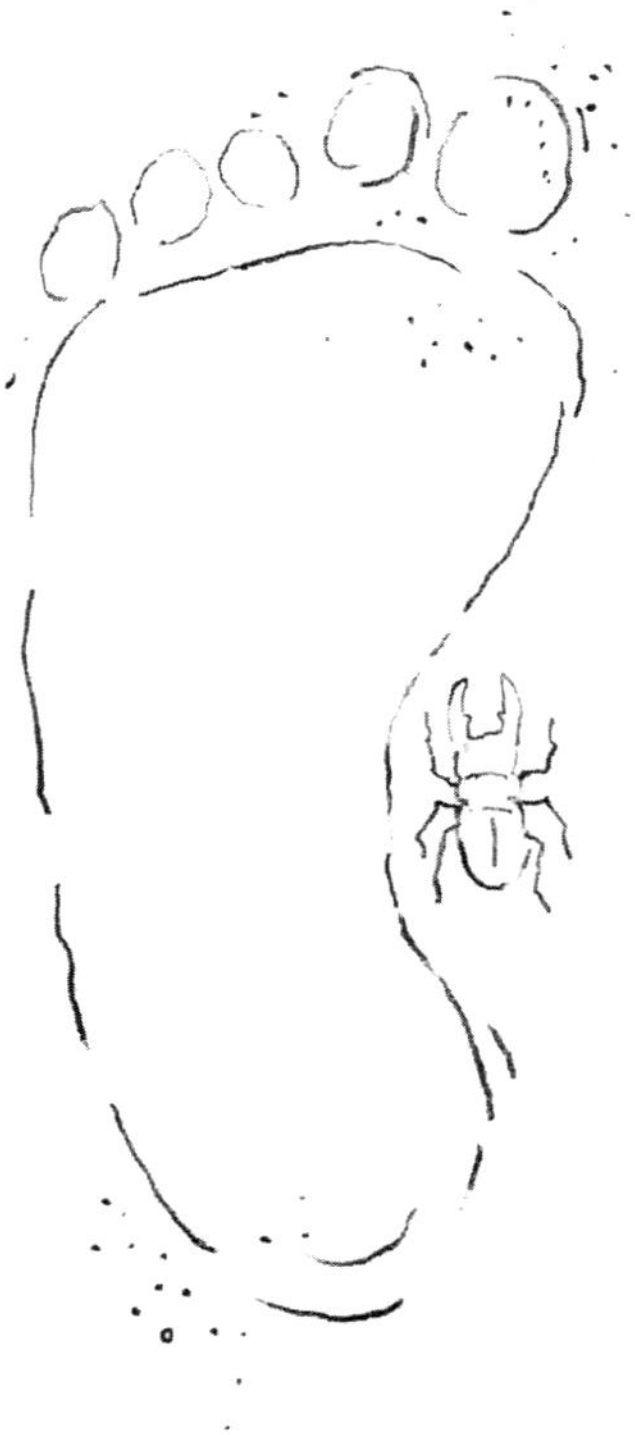

春一番

恋をした。

三回ほど見てから好きだと思ったので、三目惚れである。

私はこの恋心を、今すぐに伝えようと思いついた。

とにかく私は彼に連絡をして、簡易的に心のすべてを伝え、「どうしたらいいですか？」と最後に書いた。二〇一七年の私は呑気《のんき》さと図々しさを兼ね備えた明るい馬鹿だった。

送りつけたはいいものの返事を待つ時間はなんとも心細く、居ても立ってもも居られないので、早春の新宿を飲み歩くことにした。恋文を送ってから一時間、二時間、三時間が過ぎて、これは無視、スルー、シカト、放置、知らんぷり、無関心、黙殺のどれかだと察した。そう思うと、さらに酒がすすんだ。午前一時を迎えようかという頃、iPhoneが震えた。彼からだった。返事をするのに時間がかかったことへの謝罪と、「本当に僕でいいの？」と最後に書いてあった。そのとき、新宿御苑のさくらがいっせいに咲いた。はずである。

午前三時、幡《はた》ヶ谷《や》のサクラカフェに集合することになった。ここは、幡ヶ谷では珍しい二十四時間営業のカフェだ。先についた私はホットコーヒーを頼み、午前三時を待った。

一体なにから話せばいいのだろう。まさかこんな時間から会うことになるとは思ってもみなかった。「本当に僕でいいの？」という文末の意味を改めて考える。ひょっとすると、彼はとても優しそうなひとだから、まるで仏のような心を持っていて、フるつもりの女をどうにか慰めてあげるために、ここまでやってくるんじゃないだろうか。「きっと僕じゃダメだと思いますよ」なんて言い出すんじゃないか。ああ、困ったことになった。もう終わりだ。新宿御苑のさくらはつぼみに戻り、つぼみのままで枯れてしまった。はずだ。しかし、もう彼はやってくる。逃れられない。恋とは悪か？　失恋とは恥か？　いいや、違う。恋なんて当たって砕けてうふふと笑って然《しか》るべきである。枯れ落ちた花びらはやがて土に還《かえ》り、次のさくらを咲かすのでしょう。遠からずの春、爛漫《らんまん》に咲き誇るさくらを見にいってやろうじゃないか。うふふふふふははは。

誰かの気配がした。
オレンジ色のテーブルからおでこを剥がすと、目があった。彼だ。
彼は椅子を引きながら、すこし笑って頭を下げた。
ハッとして、私もあわてて頭を下げた。
「こんにちは」「こんにちは」
たぬきみたいでかわいいは悪口よ　もうすぐ春だし恋しています

回転寿司と四人家族

兄と私がまだ子どもだった頃、回転寿司でお腹いっぱいお寿司を食べて、隣のTSUTAYAで邦画を借りる日曜日が好きだった。

兄とはなかなか連絡がつかなくなっていた。そんな兄をどうにか呼び出したのはもうすぐ父が死ぬからだった。病院嫌いの父は家での治療を希望した。からだはとても痩せていた。

久しぶりに父、母、兄、私の四人が実家に揃《そろ》った。なんとなく気まずくて「さっきまで晴れていたのに曇ってきたね」と私が言った途端、雨はザーザー降り始め、それからすぐに雹《ひょう》に変わった。父と兄が窓から外を眺めて、「おお」と言っている。似たような背格好である。雨はすぐに上がった。しばらくすると、リビングに陽が射しこんだ。それはさながら真夏のような、ずうずうしい陽射しだった。

「回転寿司へ行こう」と父が誘う。うなずく残りの三人。母が運転する軽自動車で懐かしい坂を上がり、カーブを曲がる。カーステレオからは父の好きな演歌を流した。四人テーブルに、大人四人になった家族がピッタリ座る。食べたいネタを聞いてまわり、マグロやカンパチ、いくら、サーモン、たまご、蒸しエビをタッチパネルで頼む。

誰よりも高く豪快に皿を積みあげた父はもういない。今日の父はほんの少しだけ食べて、冗談を飛ばして、あとは咳《せき》をしていた。

私たち家族には確かにブランクがあって、もう何年も四人で揃うことはなかった。すべての寿司をサビ抜きで注文する私、サーモンばかり食べる兄、バランス良く食べる母、「これうまいから一口食べてみろ」と嬉しそうに母にすすめて母のバランスを崩す父。

私たちはほころぶように笑いあった。思い出話なんかしなかった。あれ、なんにも変わっていない。家族とは、こんなにも直《す》ぐ取り戻せるものだった。

食卓椅子に座ると足が宙ぶらりんになったあの頃のことを思い出した。兄に思いっきり尻を蹴られたこと、父のひげのチクチク、母の照れたように歌うねんねんころりよ。

四人揃って食事をしたのはそれが最後だった。一ヶ月もせずに父は死んだ。なんでもない日に、当たり前のように死んだ。

急につめたくなるもの

急につめたくなるもの。蕎麦屋のあつあつのおしぼり。忙しいともだち。他のひとといい感じになりつつある私。ひさしぶりの姪《めい》っ子。氷を入れてがしゃがしゃとかき混ぜたら。秋。ささみの焼き鳥。

父の頬を指の先でさわってみると、真冬の早朝みたいにひんやりつめたくて、母がやっていたように足先まで毛布でくるんであげたくなった。私はおととい、握手をしたから知っているのだけれど、彼はたしかに温かかった。死んだすぐあともその肌にまだぬくもりはあった。けれどもう他のどこにふれてもきっとつめたい。だからもうさわりたくない。

明日にはその大きなからだを燃やす。生きているものが生きてゆくために、死んだものには徹底的に死んでもらうということ。それは容赦のない秩序。なにか他の、他の方法はないのか、Googleで検索するしか脳のない私にゾッとするだけゾッとする。腹の上にドライアイスをのせた父の横に布団を敷いて、母、兄、私は眠る。

朝起きて火葬式の準備をする。うちは無宗教だし、葬式のシステムがよくわかっていないから葬式はなしだ。喪服は持っていないから、あり合わせの黒い服でゆく。

火葬場には何人かの親戚が集まっていて、くたくたのジャージ姿でやってきた良《りょう》一《いち》さんは肩にかけたタオルで流れる涙をふいていた。きちんと黒のスーツを着てきた光《ひかる》さんは醤油味の生ラーメンを棺のなかに入れた（父はラーメン屋さんだったから）。さらに光さんは「一応これも持ってきたんだけど」と煮卵とチャーシューとメンマの具材セットも入れようとするので、それは断った。

火葬式が始まり、母と兄と私は棺のそばに立ち、親戚たちはすこし離れたところに立った。棺をのせた滑車がすべりだし、火葬炉の白い扉がゆっくりひらくと、母は駆け出し「私も入れて」とちいさく叫んだ。兄はすぐさま母を追いかけ、ひきとめ、くずれおちた彼女の肩を抱いた。私はぼんやりそれを見ていた。兄は無職で嘘《うそ》つきで彼女の部屋に置いてある彼女のテレビを勝手に質屋に出したりするようなやつだけれど、母の肩をやさしく抱いてやれる。

「俺が死んだら和太鼓でも叩《たた》いてくれよ」そう言ってハンドルを握る父の背中を覚えている。「どんどこどんどこ叩いてあげる」即答した母の背中を覚えている。いま、母の背中はちいさく丸まって、父の背中は火の中だ。たばこの煙を吐きだす親戚たちの挨拶を適当にかわして、私は火葬場をでる。青空の下、細い坂をのぼって、小さな公園に入る。ベンチに腰掛けて、目をつむる。それから頭のなかに、こんな私を映す。足を肩幅にひらき、かるく膝を曲げ、ぎゅうとばちを握りしめ、どんどこどんどこ和太鼓を叩く私を映す。とても大きな、宇宙規模の和太鼓である。どんどこどんどこどんどこどんどこ。どんどこどんどこどんどこどんどこ。どんどこどんどこどんどこどんどこ。このたびは生ききりましておめでとう。

急につめたくなるもの。父の頬。

それを思い出すたび、私は頭のなかで和太鼓を叩く。

兄はガニ股

父が亡くなってから、しばらくの間は週に一度実家に帰っていた。

母の心労は父が亡くなったことだけではなく、最近発覚した兄の借金のことだった。兄は少し前に離婚し、勝手に住民票を実家に移していたようで、借金関係の書類が実家に届くようになっていた。いまの法律では、「ドンドンドン！　オバラハーン！　出てきてもらいまひョ」という脅迫めいた取り立てはできないはずなので、借金の張本人でもない母が怯《おび》えることはないはずだけど、父が死に、三十年ぶりに女ひとり暮らしになったことも相まって、不安でしょうがないという様子だった。肝心の兄はというと音信不通。電話に出ない。メールは返ってこない。ラインは既読すらつかない。

ここは小原家長女として立ち上がるしかないということで鼻息荒くSNSを検索し、

兄が中学時代から仲良くしているSくんのインスタグラムにたどり着いた。Sくんに事情を話すと、はじめこそ知らんぷりしたものの、こちらのとんでもない剣幕に観念したのか、兄の居場所を教えてくれることになった。Sくんは心のやさしい人なので、わざわざ車を出して近くまで連れて行ってくれるという。しかし部屋の番号はおろか、どのマンションかもわからないらしい。兄と遊んだ帰りに家の近くまで送ったことがあるそうで、何となくここら辺という場所まで連れていってくれた。近くにあった果てしなく広いローソンに車を止めてしばらく待ってみたものの、兄はやってこない。今夜は諦めて家に帰る。

次の日、実家で昼飯を食べた私は、母にこう宣言する。

「任せて、行ってくる」

私の正義感は絶頂を迎えた。兄という愚か者から、母を守るため、正義の妹がとっちめてやる。母は少し困惑したものの、それしか方法がないことにも気づいていたのか、貼るタイプのカイロを六個も七個も渡してから、「気をつけて」と言って私を送り出した。

電車に乗ってまずは最寄りへ、そしてあの果てしなく広いローソンへ向かう。どのマンションに住んでいるんだろう。周りをうろうろする。ある程度マンションに目星をつけて、張り込む場所を探す。そびえ立つ電柱？　錆《さ》びれた螺旋《らせん》階段？　果てしなく広いローソンの限りなく広い駐車場？　探偵気分である。一旦暖をとるために、果てしなく広いローソンに入り、ホットコーヒーを買う。コーヒーは異様に苦くて、熱かった。しばらくは電柱の横で星を見ていた。

三十分くらいすると、前からガニ股の男が歩いてくる。サルエルパンツと見紛《みまが》うほどの腰パン。隣に背の小さい派手髪の女を連れて、えへらへらと歩いている。間違いない、兄です。

目の前で足が止まる。目が合う。

「何してんの？」兄の目がキレている。

「おまえが、何してんの？」私も、キレている。

「あ、先帰ってて。あ、妹」

横にいた背の小さい女はマンションへ帰った。

「お前なんなのいきなり、やめてくんない？」

キレながら駅の方向へ歩き出す兄。早口でなぜここに来たのか説明する妹。

そしてあの果てしなく広いローソンの前で、兄の足は止まった。

「わーった、わった。返すから、もういいっしょ。じゃーね」

と言って、家に帰ろうとする兄。いや待ってくれ。まだ、住所変更をしてもらわなきゃいけないことも、相談窓口についても話していない。これは大きな声を出したりしないと兄は帰ってしまう。私はほぼ空になったコーヒーカップを地面に叩きつけて、

「フザケッナ！」

と叫んだ。焦って、カタコトになった。

兄はくるっとふりかえり、ゆっくりこちらに歩いてきて、焦点が合わなくなるほど顔を近づけてきた。上島竜兵《うえしまりゅうへい》と出川哲朗《でがわてつろう》のあれみたいに。

「お前が、おまえとか言ってくるから返信する気が起きねえんだろうが！」

（たしかに、何度送っても未読無視されるものだから腹が立って「おまえいい加減に

しろ」と送ったことはあった）でも、どう考えても逆ギレだ。おまえが悪いんじゃん。逆ギレしている相手に、言葉は要らない。「あ？」で充分。議論の価値はない。兄だって自分が悪いことくらい百も承知だ。だからこそ逆にキレるんだ。

果てしなく広いローソンに兄と妹の「あ？」「あ？」「あ？」「あ？」が、響き渡る。「あ」「あ」「あ」「あ」「あ」「あ」「あ」「あ」「あ」

果てしなく広いローソンが「あ」で埋め尽くされた頃、兄も落ち着いてきたのか、「公園行って話すか……」と言い始めた。

それからは穏やかに、現状とこれからについて話しあった。話が終わると、「駅まで送るよ」と言って、そのすぐあとに、「妹を駅まで送るなんていいお兄ちゃんだろ」と言った。

言いたいことはたくさんあるけれど、今日のところはもうなんでもいいよ。

電車に揺られて実家に帰り、兄は元気に生きている事と、これからどうするのかを母に伝えた。安心したような申し訳ないような顔をした母をリビングに残して、私は新代田へ帰った。

まちぶせる音信不通の兄のため投げつけたいほど熱いコーヒー

眠らない夜のきらめき

昼過ぎに起きると、なぜか夕方眠くなるんです。それで、夜八時くらいまで寝てしまいます。だから、夜ってぜんぜん眠くない。そういう日が結構あります。そういう日もまずは一回、眠れるんじゃないか？　と試してみます。熱い風呂に浸かったり、スローな音楽を聞いたり、字の小さい本を読み進めたり。それでもどうしても眠れない。そういう時は眠ることをすっぱり諦めることにしています。今日は、そういう夜の過ごし方をご紹介します。

まずは家から新宿までゆっくりと歩きます。私はこの時、外出するからといってお洒落をしたり、綺麗にメイクしたりしません。眠れない夜の気分に合うのはTシャツとデニム、歩き慣れたスニーカー、そしてすっぴんのくすんだ顔だからです。

誰もいない道、スピードを出しすぎている車、発光する出汁の自動販売機、動かないエスカレーター、雨上がりの滑りやすい地面、その地面に這《は》いつくばる酔っ払い、どこからか聞こえる大合唱。長い夜を自由自在に縁取ります。

歩いてきたのはバルト9。そうです。ミッドナイトショーを観《み》にきました。今夜は何を上映しているだろう。心まかせに、チケットを買います。

上映時間までは、近くにある珈琲貴族エジンバラで過ごします。おすすめは貴族ブレンドか、アップルシナモンティー。もしお腹が空いていたら、チーズトーストがおすすめです。広辞苑《こうじえん》みたいなトーストにチーズがたっぷりとろけた贅沢品です。

上映十五分ほど前に会計を済ませたら、ぼんやり顔でマルイのエレベーターを上がってください。昼間に映画館に来ると「よし！　観るぞ！」と意気込んでしまいがちですが、深夜の映画は「あー」とか「うー」とかで十分です。深夜とは余白です。

余白とはぼんやりです。余白の美しさ、素晴らしさをどうか手放さないで。深夜の映画館には、ぼんやりしているものだけが手にできる、きらめきがあります。

バルト9につきます。あー、キャラメルポップコーンの匂い。うー、この匂いすき。吸い込まれるように売店に並んで、「チュロスをひとつください」と言います。夜勤の店員さんから気怠《けだる》くチュロスを受け取ると、ぼんやりアンドにんまり。チュロスを左手に、チケットを右手に持って座席に向かいます。

さてもさても、思う存分映画を鑑賞します。映画館にくると物語というより、あまりの大音量に心を打たれて泣いている時がありますよね。エンドロールが終われば頼りない蛍光灯に照らされて、いそいそとお手洗いへ向かいます。

用を済まして、手を洗い、顔を上げると大きな鏡に飾り気のない顔が映ります。くすんでいても、目に力がある、良いぞ。

帰り道は観た映画のサウンドトラックを探します。両耳から大音量で聞きます。マルイから少し歩いて坂を上がると、新宿駅南口のバスタ前につきます。あの道は新宿でいちばんひらけている場所ではないですか。あのふとーい道をやさしい風に吹かれながら歩いていると、少し明けてきた空に生きていることを祝福されているような気になるんです。

あーキャラメルポップコーンの匂いする映画館のロビーに住みたい

下北沢　トロワ・シャンブル

階段を上がると古い扉があって、そこを開けると理想の全てが揃っている。一人で行けばカウンターに通される。老年のマスターはカリカリと細いが、眼差《まなざ》しはキッとつよい。ブレンドにはニレとカゼの二種類があり、ホットコーヒーを頼むと酸っぱいのが好きか、苦いのが好きか聞かれる。コーヒーのことは詳しくわからない。どちらがどちらなのかも覚えていない。自分が酸っぱいのが好きなのか、苦いのが好きなのかも皆目見当がつかない。だから、少なくとも二杯は飲む。どちらも飲んで、どちらが好きか知りたいのだ。しかしどうせ忘れてしまう。だからまた二杯飲むのだ。

私がよく頼むのは、チーズケーキと、シナモントースト。チーズケーキも二種類あって、レアとトルテがある。いうまでもないけれど、生と焼である。私は二つとも食べたことがあるが、今のところレアに軍配が上がっている。レアチーズケーキにはブルーベリーが決まって四つのっていて、それがほろりと甘酸っぱい。まずはチーズケーキだけをひと口食べる。美味しい。その次にブルーベリーをのせて、ひと口食べる。か、かんぺきだ。そしてコーヒーを飲む。甘いものを食べた後に飲むブラックコーヒーよ。あっぱれ！

もう一つ、小腹が減っている人にはシナモントーストをおすすめしたい。厚切りのトーストに、有塩バターがたっぷりと染み込んで、出来上がる頃には芳醇《ほうじゅん》なシナモンの香りが店中にたちこめている。ひと口食べれば、ジュワとバターは溶けだして、シナモンの甘くてエキゾチックな香りは胸の奥の誰も知らないふかい場所までやってきて、ふわっふわっと香るのだ。なんて甘美な時間だろう。

ちなみにトロワ・シャンブルにはブレンド以外にもいろんな種類のコーヒーがあるが、以前横に座った男性が、「マンデリンください」とマスターに頼むと、「ブレンドが一番美味しいんで…」とやんわり断られていたことがある。男性は諦めずにもう一度、「いや、でもマンデリンを…」と言っていたが、マスターも引かず、「でもねえ…ブレンドがうまいんですよ…」と、結局ブレンドを注文させていた。

そんな訳で、トロワ・シャンブルでは迷わずブレンドを飲んでみてくださいね。

黄昏時の松屋

夏は夕方にかぎる。なにか食べようとベッドから起き上がり、部屋着のままでサンダルをつっかけ、家をでる。ぽたぽた歩く。なまぬるい風が吹く。

松屋《まつや》に入って牛めしと生ビールを注文する。

カウンターに座ってひとり牛めしをかきこんでいると、「東京の孤独」という言葉が頭をよぎる。どんぶりに箸がぶつかるあの音。からから、からから、からから。さみしい。かなしい。あまい。うまい。はやい。やすい。からから、からから。プラスチックでできたビールジョッキをぐっとあおると孤独の味がする。孤独はおもしろい。なにを見て、なにを感じても、だれにも責められない。それがとてもおもしろい。

私など死んだらいいわ生ビールのんだらいいわ生きてるうちは

パンとか焼いて生きていきたい

人生に疲れるたび、「パンとか焼いて生きていきたい」と思っていました。パン屋さんの生活を想像すると、ふくふく豊かな気持ちになるんです。

二十一歳の秋、ほんの出来心で、ひと月だけ、カレー屋をやったことがあります。経堂《きょうどう》という街で場所を借りて、週に一回ひらきました。どうしてパン屋ではなく、カレー屋をひらいたのかというと、私にはパンを作る技術がなかったからです。

学生時代、お菓子を作ろうとすると、ことごとく失敗しました。

誰もが浮かれてカーニバルのバレンタインデー前夜、私は大いに意気込んでいました。母親に手伝ってもらうことも考えましたが、慣れない手つきを心配されたり、汚れていくキッチンにいらいらされると困るので手伝ってもらうことは諦めて、リビングから家族がいなくなる二十三時過ぎから、お菓子づくりを始めました。私はインターネットで調べておいた【簡単　ガトーショコラ】や【簡単　マフィン】をレシピ通りにつくるのですが、必ず生焼けか黒焦げになります。悪い魔女の魔法みたいに。

しかし一回や二回の失敗など、当然のことです。誰にでもそういうことはあります。もともとかなり多めに材料を買ってきていますから、諦めず、へこたれず、眠い目を小麦粉まみれの指で擦《こす》りあげながら、何度も【簡単　ガトーショコラ】と【簡単　マフィン】を作りますが、生焼けの黒焦げが増えていくばかり。ついに、朝は来ました。食べられるものはひとつもありません。完敗です。その年のバレンタインは可愛《かわい》いギフトボックスに、コンビニで買ったシュークリームを入れて、頭を九十度に下げてから恋人に渡しました。ハッピーバレンタイン。シャラララ。

ですから（パン作りとお菓子作りは私の頭の中では延長線上にあるので）まずはカレー屋から始めてみようと思ったんです。かといって、旨《うま》いカレーを作る腕があったのかというとそれも全く見当違いで、友人に頼んでレシピを作ってもらうひどい有り様でした。

当たり前のことですが、素人がカレー屋さんをやるのはすごく大変なことです。冷や汗をかき続けました。カレー屋を通して、パン屋さんとは人生の逃げ場になり得ないことを知りました。一体なにをしていたのでしょう。友人たちよ、どうして止めてくれなかったの。いいえ、友人たちのせいにしてはいけません。私のせいです。カレー屋をやって面白かったという印象も残っておらず、私は一体なにをしていたのだろう？　と、ただ不思議に思うばかりです。

それから二年後、パンとか焼いて生きている友達と一緒に暮らすことになるのですが、朝四時にアラームが鳴り、休日もパンのため修業に出向き、小麦アレルギーで荒れた手を掻《か》きながら「パンがスキッ」と笑う同居人に対して、私は口が裂けても、「人生に疲れたらパンとか焼いて生きていきたいと思っていた」なんてことはおろか、「カレー屋をやってみたことがある」とも言えませんでした。私は彼女がつくるパンのことを世界で一番美味しいと思っています。これから人生に疲れたら、ふざけたことをほざかずに、彼女が作った美味しいパンを食べて、胃袋から癒されようと思います。

旨いコーヒーとたまごとソーセージのトースト

珈琲タイムスのブレンドコーヒーが私にはもっとも旨い。このコーヒーの味が好きだ。それは、面白味もフルーティーさもない、ただのコーヒー。無目的で無思想でどこまでもプレーンな、旨いコーヒー。元バリスタの友人に、「あそこのコーヒーがいちばん好きだから、ああいう豆を買いたいけれど、浅煎りだとか深煎りだとかがよくわからないから、あのブレンドコーヒーは何煎りのコーヒーなのかを知りたい」と頼んで、わざわざタイムスまで行ってもらったことがある。タイムスから戻ってきた彼は、「中煎りだね」そう言っていた。中煎りとは浅くもなく、深くもない、中間の、普通の、コーヒーということらしい。私は満足だった。ほうら、やっぱりね。私は中煎りが好き。なんの変哲もない、それなのにこんなにも旨い。私は惚れ惚れしながらタイムスのブレンドコーヒーを飲む。

ちなみにタイムスの水は、レモン水だ。それがうれしい。ブレンドコーヒーを飲む、うまい。レモンが香る水を飲む、うれしい。こういうリズムで、うれしい。

タイムスでいつも食べるのはたまごとソーセージのトースト。実は卓上に置いてあるメニューには、たまごとソーセージのトーストは書かれていない。しかし、「ご飯のメニューください」と店員さんに言うと、エプロンのポケットからチラリと紙を見せてくれる。そこに書いてあるたまごとソーセージのトーストセットをいつも頼む。飲み物は紅茶かコーヒーで選べるが、私はいつもコーヒーを選ぶ。何度も言って申し訳ないけれど、私はここのコーヒーがとても好きだからだ。

まずポテトサラダがテーブルに置かれて、その後にコーヒーが届く。それらを食べたり、飲んだりしていると、ついにやってくる。たまごサラダとソーセージをトーストで挟んだ、たまごとソーセージのトースト。これが、なぜだろう、病みつきになる。初めて食べた後は、三日続けてタイムスに通い、同じものを食べた。それからというものタイムスに行くと、たまごとソーセージのトーストを必ず食べる。うまい。理屈なしに旨い。いつ来ても旨い。

タバコの煙の中、旨いブレンドコーヒーを飲み、たまごとソーセージのトーストを冷めないうちにむしゃむしゃ食べる。忙《せわ》しなく食べる。喉につまりそうになったら、レモンが香る水を飲む。うれしい。右には甘いもの好きのサラリーマン。目の前には芸人と作家。左には破れたTシャツを着た若者がネットフリックスを見ている。私は紀伊國屋《きのくにや》書店新宿本店で買いたての本をでれでれと読んでいる。そうやって、いつまでもいつまでもゆったり過ごす。

ストレス解消法は、あります

とっておきのストレス解消法をご紹介します。

まず夜を待ちます。すこし眠くなってきたら、履きつぶしたスニーカーを履いて家を出ます。猫背を伸ばしたり、猫背に戻したりしながら、だらだらと歩きます。そしてイヤフォンを耳に入れて、音楽を聞きます。明るい曲や悲しい曲、ロックやポップ、いろいろ聞きます。音楽を聞きながら歩いていると、曲に紐《ひも》付いている思い出がタンスの奥から引っ張り出され、さみしくなったり、うれしくなったりします。あの人は今日も元気だろうな。あの人は今日もきっと泣いている。なんて勝手に決めつけて、たのしく歩きます。

ここまでは、ストレス解消に向けたウォーミングアップです。

からだと心があたたまってきたら、公園へ行きます。

「へえ、こんなところにこんな公園があるんですね」という自然を装い、ベンチに腰かけるような趣きで、ブランコに座ります。そして、「まあ、座っただけですよ」というような雰囲気で、「私は友人やら恋人やらを待っているんですよ」という風合いで、なんとなしに足の裏をペッタンペッタン、ひざをクイクイ、うごかしはじめます。するとブランコは、ゴキーゴキーと唸《うな》ります。なんだかすごく楽しい。ペッタンクイクイゴキーゴキー。ペッタンクイクイクイゴキーゴキー。

「あ、手のひら鉄くさい」

と思ったときには、ペッタンペッタン鳴っていた足の裏は地球を離れ、ひざはグイーングイーンと奔放に伸び縮み、馬鹿みたいな鉄はぶるんぶるんと大きな弧を描きます。

まえ（上ェッ！）うしろ（下ァッ！）（そして上ェッ！）まえ（下ァッ！）（そして

上ェッ！）

下ァッ！　のとき、体がふわあと浮くのです。

重力さえついてくることはできない！　それみたことか！　あははは！

気持ち良いです。危ないです。この手を離せば即死です。心の底から思います、これが自由だと。いつだって自由は危険の上で成り立っているのです。感動さえ覚えるほど、自由を感じている！　深夜〇時を越えて、ひとりでブランコを全力で漕ぐ大人ってどうなのだろうと客観視するのは言語道断、もっての外でございます。自由とは主観なのです。

私は三半規管が弱く、電車ですら酔う人間ですので、ぶるんぶるんぶるんぶるんぶるん、うぇぇぇ……。ブランコでも酔います。切ない、悔しい、情けない。

ブランコから降りて、猫背を伸ばしてシャキッと帰ります。お、目線がいつもとちがう。

ストレスはブランコに乗って、風に飛ばしてしまいましょう。

銭湯、限りなく、生

家からすこし歩いたところに良い銭湯がある、その名は宇田川湯《うだがわゆ》。

帰りは芯からあたたまっているだろうから、まだまださむい半袖を着て、いざ向かう。

木でできた靴箱の鍵は趣深く、この染みには何年の歴史があるのだろうと思いをめぐらせる。

白髪をお団子にちょこんとまとめた番台さんに、大人料金の四百六十円を手渡す。固定されたシャワーの蛇口を下ろすと少し熱めのお湯が出る。いや、これはかなり熱い。あちち。持参したシャンプーとトリートメント、ボディーソープでいつもよりワシャワシャ洗う。家の風呂ではあまり見ないようにしている自分の身体を凝視しながら洗う。タイルの柄を見てみると意外なまでに繊細な色使いで、こころがほどけた。薄いむらさき色と薄いみどり色で描かれた小花柄のタイルはやけに可愛らしかった。男湯は違う花の絵なのだろうか、一生知ることのない答えを想像して、こころがはずむ。

湯船に入る、やはり熱い。ぬるま湯と書いてあるほうから入ったのに、あつめの湯と書いてあるほうと全く温度が変わらない。何事も愛すべきは不完全である部分かもしれない。

湯船に入って周りを見渡す。いろんな人の裸がうつる。女性の体は何歳になっても神秘に満ちて美しい。どんな変化も今日だけの美しさがあると、見ればわかる。

向かいの鏡に自分が映る。濃い眉毛、色黒の肌、鼻はそんなに低くない、頬骨が出ていて、顎がない。誰かと比較すれば、どうしても自分のことを受け止められない。こんな体、こんな肌、こんな顔、嫌いだ。でも、比較対象のいないこの鏡の中で、限りなく生の自分と目があって、「良い顔してる」と言ってみる。

湯船から出て涼んでいると、背の高い窓ガラスから西日が射しこんだ。自分のからだがオレンジ色に染まっている。だらしない腹も、くすんだ膝も、虎のようなストレッチマークも、きれいに、本当にきれいにオレンジ色に染まっている。

下北沢の北京料理屋にて

女友達が、「是非、彼氏に会わせたい」ということで、連れられて下北沢の新雪園《しんせつえん》に行くと、その彼氏と、その彼氏の友人たちが座っていて、総勢五人でテーブルを囲むことになった。

一対一、多くとも三人くらいでコソコソ話すのが好きな私は、どうしたものかと頭を抱えてしまった。三人と五人は、ぜんぜん違うのだ。しかし場の雰囲気を壊すことはできないし、友人にも悪いので、兎《と》にも角《かく》にも楽しく過ごそうと頭を切り替えた。

「ビール下さい」「ビール下さい」「ビール下さい」「ハイボール下さい」「ビール下さい」

緊張をかき消すために、私はせっせと酒を飲んだ。

ついに会が終わった午前三時、私は半分眠っていた。

そのカップルは下北沢に住んでいるので、「みんなお酒を飲んでいるし、うちに泊まりなよ」と誘ってくれたが、気持ち悪くなるほど酒を飲んだところで胸の奥では人見知りをしたままだったので、「大丈夫です」と言って、深夜の下北沢をとろとろ歩き出した。

すると、先ほどまで一緒に酒を飲んでいたひとりが走って追いかけてきて、私の横を歩きはじめた。しばらく黙って歩いていると、ローソンがあった。彼はこちらを見て、「アイスでも食べますか?」と言う。「そうしましょう」と承諾すると、彼はいきなりカートゥーンネットワークのアニメーションに出てくるキャラクターのような騒がしいモーションでずんちゃかずんちゃとローソンに入っていく。私は半笑いでついていくと、「こういうのはどうですか?」とパピコを指さす。「こういうのにしましょう」と返すと、彼は深くうなずいて、パピコを握りしめ、また騒がしい仕草でレジに向かい、会計を済ませた。
パピコのフタを開けて、その中に入っている少しのパピコを食べると、パピコのフタはたちまちゴミに変わる。と、思っていたら横から手が伸びてきて、「それください」と言って、ゴミになったパピコのフタを回収してくれた。不思議と心が揺れて、良い人かもしれない、と思った。

彼はパピコを吸いながら今日の感想を語りはじめた。そして最後に、「でも、僕、無職なんですよ」と付け加えた。私は雷に打たれたように笑った。彼は妙なものでも見るような目でじいっと私を見つめている。それから急勾配の坂を二人で転がりつづけて、朝は来たのだ。

女の子夜道は危ない送ります君が好きですすでも無職です

羽根木公園の春昼と短夜

水曜日　さんさん照り
近くの羽根木《はねぎ》公園まで歩いた。
梅や桜がふかふか咲いていた、良いことだ。母親と子どもが手をつないで木漏れ日のなかを歩いている。良いことだ。美しいことだ。ビニールの軽いボールがプツと足首に当たる。お婆《ばあ》さんが私に頭を下げて、うしろから子供が走ってきた。蹴ってお婆さんのところへきちんと戻す自信はないので、土まみれのボールを手で摑《つか》んで放り投げる。軽いボールは風によろけてお婆さんを走らせた。お婆さん、カラダを大事にしてね。私はゆるやかな坂道をのぼる。喉が渇いても自動販売機には触らない。汗をかいて、涙を流して、てんとう虫に慰められている。

金曜日　夜は肌ざむし

少し遠くなった羽根木公園まで歩いた。

羽根木公園は都内ではめずらしい手持ち花火をしてもいい公園だ。花火好きの同居人を誘って、幡ヶ谷のダイエーで花火セットを買い、甘いジュースを飲みながら歩いた。

蟬時雨《せみしぐれ》は命そのものを浴びているみたいで、恐ろしい。

バケツに水を汲《く》み、手持ち花火に火をつける。

きらきら、しゃーしゃー、ぱちぱち喋る火花を見つめる。巨大なけむりに眼がやられた。

私たちはいつも話し合う。なぜ落ち込むのか、何に落ち込んでいるのか、それは取るに足らないことなのか、では大切なことは何か、しあわせとは何か、愛とは何か、恋人とは何か、遊びとは何か、結婚とは何か、性とは何か、子どもを作るということは一体どういうことなのか。家庭とは、育ちとは、教育とは、生活とは、理想とは、定義とは、理由とは、線とは、正解とは、本当とは。何処？

代々木公園と元気を出して

昨夜はとにかく落ち込んで、友人を呼びつけて一晩中酒を飲んだ。呼び出された友人は私の仕事は終わりましたという顔でふにゃふにゃと眠っている。朝八時、友人を残して部屋を出た。

落ち込んだって失敗は取り戻せない。どうにか元気を出してみたい。最近よく行くパン屋３６５日でおいしいパンを買おう。あんバターサンド、これはおいしいに決まっている。今日の主役はこれにしよう。あとはチョコレートのスコーンと、クロワッサン。これだけあれば、私のお腹はしっかり満ちる。コーヒーはリトルナップで買おう。優しくてあたたかいのがいいから、ラテでお願いします。秋の朝って結構さむい。
代々木公園に着く。平日の朝だからか、代々木公園はほぼ独り占めだった。水辺に座る。パンを広げてラテをひと口のむ。舌先を火傷《やけど》する。あつい、いたい、おいしい。落ち込んでいたことをあらためて思い出す。私が悪い。はあクロワッサンおいしい。私って最悪。はあラテおいしい。私なんて海月《くらげ》より脳みそがない。はああスコーンがざくざくでおいしい。

――――黒い槍《やり》！

瞳をめがけて飛んでくる。

「アッ！」

鳴いた。目も口も真っ黒だ。カラスだ。

大至急！　避難せよ！　体をひねってグルンと転がった。それから腰を起き上がらせて、わなわな、わなわな、わなわな、わなわな、わなわな。

なんとか逃げて、カラスからかなり距離をとり、後ろをふりかえる。

なんて大きいカラスだろう……。

「アゝ！　アゝ！」

鳴いた。と思うが早いか、すごい量のカラスが色んな木から飛び出してきて、ついさっきまで私が座っていた水辺に集まった、あんバターサンドを囲んで。そうだ。私はあんバターサンドを置き去りにしてしまった。

カラスたちはあんバターサンドをカツカツ突《つつ》いて食べていく。あんこの糖分で頭が冴《さ》えわたるカラス、バターの脂肪分で毛の艶を増していくカラス、パンを咀嚼《そしゃく》することによって顎が発達するカラス。めきめきめきめき進化するカラスたちの迫力たるや。その光景をぶるぶる震えて見つめる私のまぬけさたるや。

ほとぼりのさめた頃、カラスたちが残したゴミを拾って帰った。

こうして自分のまぬけさを肌で感じてみると、全ての失敗がやむを得なくおもえた。「私は途方もない馬鹿なのだから、開きなおってしまおう」などと考えているとむやみやたらと元気がでてきた。そういえば死んだ父もよく言っていた。かわいいお馬鹿になりなさい、と。

迷い込む茶亭 羽當

いつもの街の、知らない道で、ふと見つけた店。というのは実に浪漫《ロマン》的であると思う。

次の予定まで中途半端に時間があるとき、暇つぶしにぷらぷら歩いていると、そういえば入ったことのない道に入ってみたくなる。そういうことをしていた時にふと見つけたのが茶亭《ちゃてい》 羽當《はとう》。

なんだここは…なんか…立派な…なんか…立派……と思いながら、つい入ってしまった。

扉を開けると、匙《さじ》でコーヒーをくるくる混ぜる人、小さなパソコンを睨《にら》みつけている人、テーブルを挟んで笑い合う人たちが目に映った。奥には天井に届くほど大きな花が飾られている。

カウンターに通されて席に着くと、マスターがちょうど出来た何かをホール型から出そうとしていた。フチにやさしくナイフを入れていく。そのあと型をふるふる揺らすと、ぼてん。ホールケーキみたいなプリンが落ちた。「うわあ」鼻腔《びこう》を蕩《とろ》かすカラメルの匂い。目前の所作の美しさ。皿の上のどっしりとしたプリン。等分していくナイフのリズムの心地よさ。注文することも忘れて、私はうっとり眺めていると、「どうされますか」とプリンのマスターに聞かれる。

「あ、ブレンドとそれは……えーっと」メニューをもう一度よくみてから、「かぼちゃプリンですか」「はい、かぼちゃプリンです」「では、それをください」

それからプリンのマスターは一旦かぼちゃプリンをしまい、コーヒーを淹《い》れてくれる。

ドリップポットの先で小さい円を描きながらお湯をそそぐ。

円をひとつ描き終わるたびに、ちいさくスッと鼻から息を吸う。

円、スッ、円、スッ、円、スッ、円、スッ…。

それは催眠術のごとく眠くなるリズムである。ガクッと眠りに落ちそうになった頃、コーヒーがやってくる。羽當は推定七百種類あるコーヒーカップの中から、その人の服装や表情に合わせて選んでくれるらしい。私の印象って、こんな感じなのだろうか。

かぼちゃプリンの用意を始めるプリンのマスター。冷蔵庫を開けて、かぼちゃプリンを洒落た皿にのせる。そこに生クリームをぽっとり、落とす。白の上にミントを差して、できあがり。

しっとり甘いかぼちゃプリンを食べて、淹れたてのコーヒーを飲み、読みかけの文庫本をぱらりぱらりとめくっていく。こころが満足してゆくのがわかる。

いつもの街の、知らない道で、ふと見つけた店が、すばらしかったとき、私の浪漫はいともたやすく完成する。実に簡単で単純な浪漫である。

毛皮と行列

友だちと昼めしを食べる。

あんまり降りたことのない駅で降りて、友だちがすすめてくれたハンバーグ屋へ行く。そのハンバーグ屋の前には行列ができている。

普段、行列というだけでなんとなくスルーしてしまうけれど、せっかく友だちと来たのだし、しゃべっていればすぐだろうし、並ぶ。

ひさしぶりに会ったものだからおしゃべりは止まらない。あのひと、まだ二リットルのペットボトル小脇に抱えてるのかな。Facebookのひとことはメガネが本体のままかな。早く打つことにかまけてタイプミスしてばかりかな。はあっ。思い出すだけでむかつくね。おしゃべりは止まらない。

行列はするすると前にすすんで、私たちは行列の先頭となった。

すると、少し遠くのほうから、体の三倍はある毛皮を纏った男のひとがゆっくりと歩いてきた。

「あのひと、序盤でやられる悪いやつみたいだね」

元上司の悪口を言っていたものだから、つい悪口が口をつく。

すると毛皮の男は迷いなく、私のもとへと一直線に歩いてくる。

私はくちびるを硬くむすんで、アスファルトをじっと見つめる。

殴られるに決まっている。殴られる以外ありえない。

毛皮の男はじりじりと私に近寄ってくる。私は体にぐっと力をいれる。全身から汗がふきでる。

毛皮の男は私の目の前まできて、立ち止まる。男の鼻息だけが聞こえる。行列に並んでいる人たちも黙りこくっている。

殺気、だろうか。殺気、なのだろう。殺気、いやだなあ。いまにも泣いてしまいそうである。こわくてとてもじゃないけれど、前がみれない。

毛皮の男が下から覗《のぞ》き込んでくる。私は左に目を逸《そ》らす。

今度は、左から覗き込んでくる。私は右に目を逸らす。

私はずっと息を止めたまま、目を逸らすことだけに必死になっている。

はあ。

毛皮の男はそうため息をついて、目の前を去った。

額にふきでた汗は耳の前を通り過ぎアゴの先からアスファルトへとぼてんと落ちた。

ッハア！　ッハアハアハアハア！

切れた息のまま友だちと目を合わせ「あぶねっ」と言ったら力がぬけて、めっちゃ笑えた。殴られると思ったよ。私も。いやあ、あんなこと言っちゃいけないね。そうだよ、だめだよ、あぶないよ。もうやめるわ。うん、もうやめて。でもさ、おそろしい感じの見た目であればあるほど、中身はやさしくあるべきじゃない？　それは小原ちゃんの傲慢だよ。傲慢か、ははは。傲慢だよ。たしかにね。反省してね。反省します。いやあ、ごめんね、ほんと。ほんとほんと。あぶなかったね。人生でいちばんあぶなかったよ。

行列のできるハンバーグ屋の味は一切おぼえていない。

始発で海へ

心を痛めるのには小さ過ぎる変化を、どうってことないと、どうして私は見逃せないのだろう。見逃せる日は当たり前のように見逃せるのだから、見逃せない日がたんに目立っているだけかもしれないけれど。

くるしくなるほど入れ込めるものがあってよかった。たいせつなのは、なにかを好きになることだもの。ならば良かった、ならば良かったんだ、と心に説明しているのは私の中の誰だろう。

海がみたい、と思った。

浮かんだ顔に連絡をする。

「海、いきませんか」

「あっ、いきたい」

すぐに返事をくれたみっちゃんは、もうすぐ仕事が終わるらしい。

窓の外の春の嵐はおさまったみたいだ。

「ねえ、今夜はうちに泊まらない？　すき焼きしよう」

「うん、泊まる。すき焼きしたい」

みっちゃんとスーパーで待ち合わせて、春菊、長葱《ながねぎ》、椎茸《しいたけ》、肉、糸こん、焼き豆腐、卵を買う。

春菊が立派で土鍋のなかでほどいた花束のように広がる。

すき焼きのタレで甘辛く、何でもかんでもグツグツとやる。

くたくたとした肉や野菜に溶いた生卵をたっぷりつけて、口いっぱいに頬張る。うまい、うまい。食べてる間はそれがすべてでありがたい。

みっちゃんは、アイス屋で働いている。

私とみっちゃんが出会ったのもそのアイス屋で、みっちゃんは店員さんで、私はお客で、たまたま共通のともだちがいたのだった。出会ったときは平社員だったのに、気づけばもう店長になっているのだから立派なものである。遊んでいる時のとびきりのハニカミを見せるみっちゃんも好きだけど、激務の果てに疲れきった灰色の真顔でアイスを掬《すく》うみっちゃんのことも私はけっこう好きなんだ。

「今夜、何味の気分ですか」

「とびきりフレッシュ」

みっちゃんがお土産にもってきてくれたアイスは、華やいでいて新鮮だった。歯磨き粉にこうゆう味があればいいのに。

始発で海に向かうことにした。

それまでの間、今夜でたばかりの新曲を、ふたりで大きな声で歌った。みっちゃんは弾けないギターを持ってそれっぽく揺れている。同じ場所を繰り返し歌って、すっかり一曲歌い切れるようになった。

朝四時に起きる予定なのに、朝三時までそんな調子だったので、案の定、目を覚ました時にもう体力は尽きていたけれど、ちからをふりしぼって始発で向かう。電車の中で日はのぼり、車窓からのオレンジ色がまぶしかった。

やっとの思いでついた海はどよんと濁っていた。

空には分厚い雲が大きく広がっている。

砂浜を占拠するのはカラスの大群だ。濁った海には大量のサーファーだ。

これもまた勉強だ、人生は勉強の連続だ、とまたもや心を説き伏せる。

海のあたりを一応散歩する。無口な散歩である。

「近くの喫茶店でモーニングでも食べようか」

「うん、モーニング食べよう」

適当な喫茶店に入る。

店内には小さな音でクラシックがかかっていて、うとうとする。

「モーニングAセットをふたつ。私はホットコーヒーでおねがいします」

「私はアイスコーヒーでおねがいします」

「今は僕ひとりなんでご飯待たせちゃうかもしれません」

ウエイターは半笑いで断りを入れる。

トーストやポテトサラダをもそもそ食べる。みっちゃんは食べながら眠る子どもみたいに首をぐらぐらとさせながらなんとか食べすすめている。

電車にゆられて、家まで帰る。
ただいま。
無心で眠る、気持ちがいい。

目を覚ますと、
ありがとうおばら
おやすみおばら
と書いた手紙を残して、みっちゃんはもういなかった。
玄関まで送らずにベッドでくたばってごめんね。
ありがとうみっちゃん。

おやすみみっちゃん。
またとつぜん、海に誘うね。

タコとうんめい

ふらふらに酔っ払うと、どんな連絡をしても「タコ」とか「うるせえタコ」とか「タコでーす」とかタコ関係の返信しかできなくなるひとがいた。

そのひとの誕生日に「誕生日おめでとう。あなたは私の光です」と送ったら「タコ野郎」と返信がきた。

父が亡くなった半年後に出会ったひとで、なつかしいにおいがするな、と思ったら父の吸っていたものと同じ銘柄の煙草《たばこ》を吸っていた。そういえば、父もよく「このタコむすめ」とふざけて私に言っていた。運命の匂いがした。

高円寺に焼酎の専門店を出すというから開店準備を手伝ってみたり、お返しにミルクアイスのせシナモンフォッカチオをごちそうになったり、ペペロンチーノ大盛り

（温玉のせ）をきれいに食べるところをみたり、深夜三時の電話にでたり、ウーロンハイをがぶがぶのんだり、そのひとの置いていった古着のTシャツを勝手に着てひとりの夜を過ごしたりした。

過去のこどくな時代のことや、いまも大切にしているキーホルダーのこと、将来の夢は無人島に住むことだとか、炭酸は苦手なこと、首すじに入れたタトゥーの意味や、新聞配達をしていたときに聞いていた音楽だとか、そういうことをひとつ、ひとつ、ひとつ、知るたびに、好きはたしかに、おおきくなった。けれど、そのぶんおそろしかった。その人の言葉や自由で私がいつかばらばらになることは、すでに決まっているように思えた。

「春は花見に、夏は温泉に、秋も温泉に、冬もまあ、温泉に行こう」

そう言われたときは羽が生えるほどうれしかった。

烏兎《うと》匆匆《そうそう》。

月日は過ぎて、私たちは代々木の磯丸《いそまる》水産でお通しの貝を焼いていた。

「恋とかじゃなくて、人間としてこれからも付き合っていこうってことでしょ、俺はそういうきもちわかるよ、だからもう会えないとかは言わないでよ」

そのひとは、なめらかにそう言った。それからすっきりと、きれいに笑った。

そのあとはふたり、ウーロンハイをがぶがぶのみながら宇宙のことを話した。宇宙に行けばほんとうの友だちが見つかるかもしれないとか、地球以外の星に生えてる草は甘いだろうとか、無重力ってすべてが平等って意味なんじゃないかとか。

朝六時、そのひとは私をかるく抱きしめてから「またね」と言ってタクシーに乗った。あれからは友だちとして仲がいい、と言いたいところだけれど、あたりまえみたいに、私たちは恋に戻った。

それからひとつかふたつ季節がすすんだ頃、電話をかけてぐずぐず泣き言をいう私に「人生はたたかうしかないんだ。たたかわなければ、かならず負けるんだ」とそのひとは言った。怒っているようだった。酔ってはいないようだった。私はその正しさに、なにも言えなくて、ぷっつり電話を切り、それきりである。

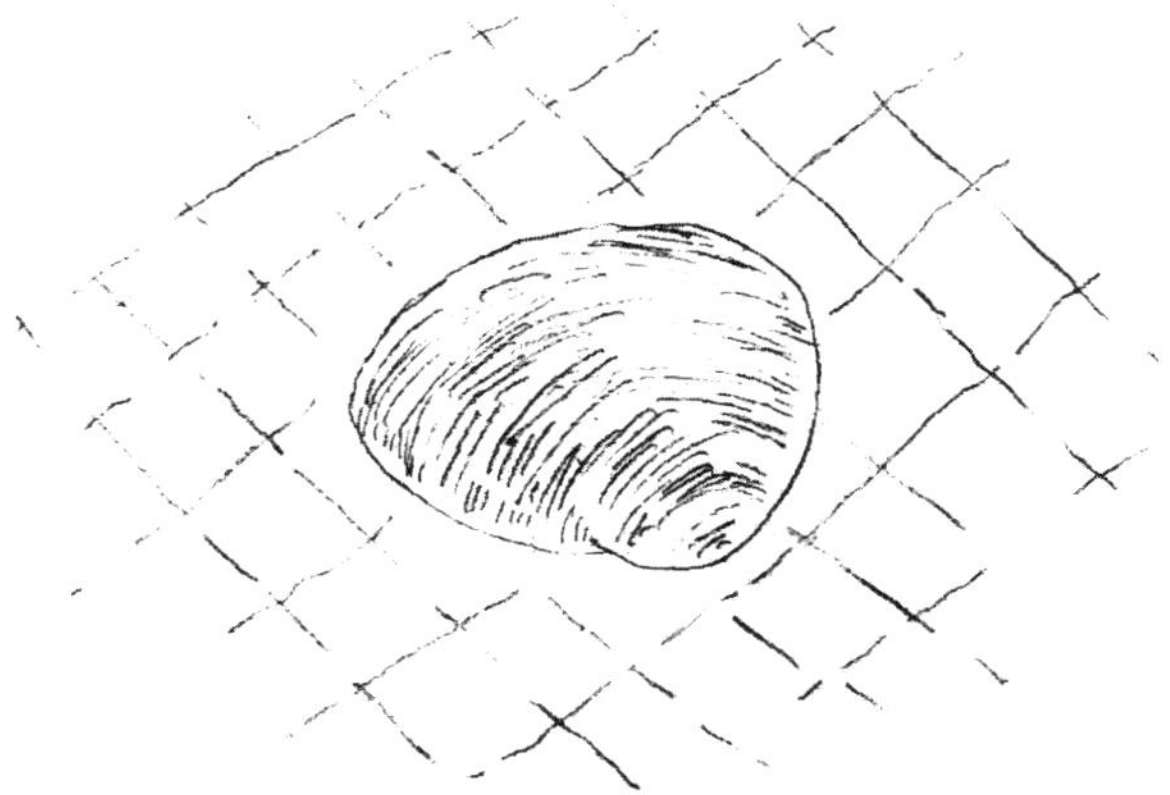

幡ヶ谷の三人暮らし

幡ヶ谷で友達と暮らしていました。メンバーは私、りんごちゃん、めろんちゃんの三人です。

いつ取り壊されるかわからないほど古いマンションの六階で、間取りは３ＤＫ。私は陽あたりのいい部屋を、りんごちゃんは少し小さい部屋を、めろんちゃんは窓のない部屋を選びました。

りんごちゃんは朝四時に起きて、パンを作りに職場へ向かいます。へとへとになって夕方に帰ってきて仮眠をとり、深夜に起きて夜ご飯を食べるのが彼女のルーティンでした。私たちにいつもあたたかいココアを淹れてくれたり、美味しいご飯を作ってくれました。彼女が作るご飯には必ずと言っていいほど刻みのりがのっています。りんごちゃんは基本的には金髪のショートですが、いきなりすごく刈り上げたり、黒髪にしてみたり、トイプードルのようにくるくるさせてみたり、タトゥーを増やそうとします。見ていて飽きません。りんごちゃんは風呂上がり、どうみても髪がびっしょり濡《ぬ》れているのにそのまま眠ろうとするので、「髪は乾かしたのか？」と聞くと、「乾かした」と明らかな嘘をついて扉を閉じて眠りにつきます。金髪ファニースリーピーパンガールなのです。

めろんちゃんは、私から見ると大変社会人らしい暮らしを送っていました。途中から家で仕事することが増えて、リビングでよくドラマを見ていました。繁忙期になると残業三昧になり、目の輝きを一時的に失います。めろんちゃんは聞き上手で、私たちの愚痴や泣き言、悩み、浮かれ話をちょうど良く盛り上げながら聞いてくれました。夜型の人間ということもあって、朝まで話に付き合ってくれたことが何度もあります。めろんちゃんは生ハムとウーロンハイと深夜のラジオと綾野剛《あやのごう》を愛していました。窓のない部屋から大きな笑い声が聞こえる時は大概、ハライチかオードリーです。めろんちゃんのベッドにはマイク・ワゾウスキ、ポムポムプリン、くたくたのプーさん、トイ・ストーリーの悪い熊など愉快な仲間たちが並んでいました。全員ふかふかです。

誰かと一緒に暮らすということは、スターバックスでバタースコッチドーナツを頼んだけれど、店員さんがトレーにのせたのはシュガードーナツで、でも別にシュガードーナツも美味しいのでこのままでも良くて、しかしお会計はバタースコッチドーナツの金額になっていて、でもこれは友達がくれたスターバックスのフードチケットで買ったものなのでお会計金額はそんなに関係なくて……みたいなほんとうにどうでもいいことを、別にいいんだけど一応誰かに話しておきたいことを、家に帰ってすぐに話せるということです。

職場の上司が実はハムスターを飼っていた、お前の写真はいつもブレている、このドラマがおもしろい、次の休日は芋を揚げる、今日は大きな満月だ、とかそういうことを繰り返し繰り返し話した一年間でした。

行ってはいけないいっぽい屋上によじのぼって軽い怪我《けが》をしました。代々木公園のバスケットコートまで歩いて夜中にバスケットボールをしました。高くて美味しいご飯を食べました。お互いの誕生日を祝いました。恋をしました。鍋をしました。手巻き寿司をしました。踊りました。騒ぎました。銀杏《ぎんなん》BOYZのBABY BABYを叫ぶように歌いました。

何もかもが輝いて手を振って

と口ずさむたび思い出すのは、
りんごちゃんの照れた顔と泣いた顔、
めろんちゃんの引き笑いと輝きを失った目です。
三人暮らしに三人で手を振って、

思い出は何もかも輝いたままで、
私たちは新しい部屋へ帰ります。
さようなら、ありがとう。ふたりに良いことありますように。

最後の夜と救急車

大阪に住むことになった。東京最後の夜、みっちゃんが泊まりにやってくる。無印良品の脚付きマットレスと座布団二枚だけになった私の部屋に、仕事終わりの大荷物を持ってみっちゃんはやってきた。きっと疲れているのに、こまごまとした部屋の掃除を手伝ってくれた。深夜〇時を過ぎた頃、散歩に行くことにした。行き先は、はるのおがわプレーパーク。私はこの公園のブランコを夜に限って何度も漕いだ。みっちゃんの仕事終わりにこのブランコで待ち合わせて、アイスを食べながらあーだこーだ話したこともあった。

みっちゃんは普段お酒を飲まないのに、「今日くらいはお酒を飲むぞ」と言いだしてコンビニに寄り、缶チューハイを買っていた。私はビールを買った。最後の夜がはじまった。

幡ヶ谷の家を出て、西原《にしはら》商店街を降りてゆく。カクヤス代々木上原店を曲がって、代々木八幡駅の方向へ歩く。今夜は曇っていて、月が見えない。「いろいろあった」とか「実感が湧かない」とか上手くしゃべることができないまま歩く。私は東京から離れることが寂しい。

代々木八幡駅の踏切が見えてきたあたりで、首にタオルを巻いたソフトモヒカンがこちらをジーッと見てくる。まるで獲物を見ているみたいに私たちから目を離さない。私たちは必死で目を逸らす。しかし凝視されたままである。なんかやばそう。あまりにも見てくる。耐えきれなくなって目を向ける。ばっちり目があう。「あのぅ…」ソフトモヒカンは腰をくねらせながらこちらに向かってくる。「あ、え、どうしました」と言うと、「なんかぁ…」と指をさす方向には道端にゴロンと転がる長髪。落武者みたいだなあ。「なんかぁ…この人がもしぃ…病気だったらぁと思ってぇ…僕、心配でぇ…」と口にタオルを咥《くわ》えているソフトモヒカン。

いやでもこれはたぶん酔っ払いの顛《てん》末《まっ》じゃないか。「なんか息…息してないのぅ…さっきから…」と言われてハッとする。胸に目をやると、確かに動いていないような気もする。なぜソフトモヒカンは私たちを頼ってきたのだろう。いつから様子を見ているかと尋ねれば十分前だと答える。その間に何かできたんじゃないのか。「心配でぇ…病気だったらぁと思うとぅ…」ソフトモヒカンはなぜ私たちに判断を任せるんだ。もし彼が病気なのであれば、救急車しか方法はないだろう。長髪のことを心配して他人に声をかける勇気があるのに、ここから先はどうしたらいいかわからない、なんてことがあるのか。きっと酔っ払いだけど、もし本当に息をしていないなら、危ない。確かに、かなり大きい声で呼びかけても一切反応はない。「んもぅ心配でぇ可哀想《かわいそう》でぇ…」私は腹をくくった。まずは救急車を呼ぶ必要があるのかどうかを問い合わせる番号に電話をかける。呼びかけても反応がないのであればすぐに救急車を呼んでくれとのことだったので、もう一度大きな声で呼びかけて、反応がないのを確かめ、救急車を呼ぶ。電話で状況を説明し、救急車を待つ。「僕ねぇ…お風呂が好きで…いまねぇ…銭湯帰りなの…」やることはやったので、暫《しば》しの歓談である。「ああそうですか…」救急車が到着する。救急隊員さんが長髪にライトを当てる。ギロッと起きる長髪。状況が掴めないという表情の長髪。こちらを見る長髪。お前らが呼んだのかこの野郎と顔に書いてある長髪。恐ろしい。私のせいじゃないんです…誰のせいでもなくて…っていうかあなたがそんなところで寝ているからですよね…ヒィ…！

「あっなんだぁ…よかったぁ…」と言ってソフトモヒカンは競歩選手のような速度で帰っていった。現場に残された私たちはしばらく呆気《あっけ》に取られてから、救急隊員さんにお礼を言って、はるのおがわプレーパークへ向かった。すっかり体力も気力も奪われてしまった。なんだいまの。東京最後の夜なのに。それから一応ブランコにはのってみたけれど、もうなにがなんだかわからなくなって、すぐに家へ帰った。東京最後の夜、みっちゃんとソフトモヒカンと落武者と私。

それから

京都へゴー

ＪＲ京都駅につく。まずは鴨川《かもがわ》を目指す。今日はよく晴れている。昼も過ぎてお腹がすいたので鞄に忍ばせた食パンをかじりながら歩く。ずんずん進む。雑草が生い茂る公園の入り口を見つけた。公園に入ると背中を丸めた男が煙草を吸っていて、その先に川が見えた。緑の葉はオレンジやイエローに色を変えはじめ、秋風に揺れている。そのまま川沿いを歩く。時々、虫が気になる。木の下を歩くと影と光がちらちら動いた。

野生の鳥はかっこいい。でも近くにくると怖い。この道を歩こうと決めて階段を降りたら、道の真ん中を鳩がトトトトトトトと歩いてきて恐ろしくなり、引き返した。

鴉《からす》は鴨のように水浴びをしていた、しなやかだった。

先斗町《ぽんとちょう》に入ってみた。細い。これは観光スポットという感じがする。京都に住んでいる人は先斗町に行くことはあるのだろうか。東京に住んでいると竹下《たけした》通りには近寄らなくなるのと似ていたりするのだろうか。先斗町を過ぎて、また鴨川べりに降りた。

本を読むのにちょうど良い気温、風、日ざしだった。目の前には鴨の群れがいた。少しこわかった。川面《かわも》はきらきらと光っている。

持参した文庫本を開く。家を出るときに何を読もうか迷って決めきれず、三冊程鞄に入れてしまう癖がある。もちろん外出先では一冊しか読まない。しかし一冊に選んだら選んだで今日はこれじゃないという気持ちになることもあるので仕方がないと割り切っている。

しばらく本を読んでいたら鴨の群れが飛んできた、少し遠くのカップルのほうへと。カップルは何も気にしていなかった。かっこいい。イケてる。憧れる。あれが京都人か。

私はこちらへ鴨の群れが歩いてこないか不安で活字を追えなくなっていた。鴨の監視を続けながら少しページをめくっていると、「今から飛びます」と目で訴えてきた鴨の親子がいた。私はすぐさま立ち上がり、早足で日向《ひなた》へと向かった。少し気温が下がってきていたのでちょうど良かったですよ、と己の貧弱な心と折り合いをつけながら鴨の様子を観察していた。

ピントを手前にうつすと、鳩がこちらへ歩いてくる。トトトトトトトトト。ヒッ。鳩は右に曲がった。私に近づきすぎることはなかった。それからは落ち着いて本を読んだ。風はつよくなり、ここも日陰になった。京都駅へ歩いた。

星飛ぶ

恋人のお父さんの家が隣の隣の隣の隣の隣の隣くらいのところにあるのでスーパーに行くときなどに前を通る。前を通ると時々お父さんが庭で煙草などを吸っているので挨拶をする。

その夜は恋人と一緒に歩いていて、挨拶をして、ならば一緒に煙草でも吸おうと庭に入らせてもらう。

私は煙草を吸わないから、ただ突っ立っている。ふたりは野球の話をしている。

悪いなあ、待たせてもうて。と恋人のお父さんは言う。

ぜんぜん、ぜんぜん。私は答える。心からの言葉である。

私の家族は全員煙草を吸うひとだから、この待ち時間に、私は幼い頃から慣れ親しんでいる。なんとなく落ちつくような感じすらある。どうして私だけ煙草を吸っていないのかというと、父も母も私が煙草を吸わないということを執拗《しつよう》に褒め続けたからである。褒められる術《すべ》としての非喫煙者なのだ、ということをこうして誰かが煙草を吸っているのを待っているときにはいつもすこし思いだす。

野球のことはよくわからない。ルールも選手の名前もうろ覚えだから、うまく会話に入れない。なんとなくうなずいて、ぼうっとしている。ぼうっとしながら、空を見た。夜の空だ。すると、きらーっ。真っ黒の空にちいさな星が流れて光って消えたのだった。目を地上に戻すと、恋人のお父さんと目があった。星を映した後の目だった。見ましたか？　見た見た。いま。そやな。流れ星。流れたな。

恋人は、ほんま？　とかなんとか言いながら白い煙を吐いている。

ほんまに、ほんまよ。

ジャングルジムの頂で待つ

つまらないことで喧嘩をして君は部屋にこもり、私は怒りと悲しみを抱いて家を飛び出した。

そして、いま、ジャングルジムの頂に座っている。

最初からここに来ようとしていたのではなくて、こういう時こそ酒を飲もう！　と思って、コンビニを目指して歩いていたら公園が気になって、つい、登ってしまった。深夜一時半。

ジャングルジムに登るのはいつぶりだろうか。私がまだそこらへんに落ちているぬいぐるみくらいの大きさだった頃だろう。しかし、いま私が座っているのは、子どもが手を滑らせたら大怪我をしてしまいそうなほど立派なジャングルジムの頂である。

危ないだろう、こんなに高くしてしまったら。もしかして大人用?

ジャングルジムの頂から見る夜空はすばらしい。スリルとロマンとバカバカしさのバランスが良い。今夜の月は黄色くて、半分で、暇そうだ。

ついこの前まで暮らしていた街だったら、この時間にも当たり前に人がいる。若者も中年も年配も酒を片手に出歩いている。でも、ここには誰もいない。三十分経っても、誰ひとり通らない。あの自由で孤独な人たちはすっかり消えてしまった。いや、消えたのは私の方か。私はなぜここへ来たのだろう。それは、やっぱり君がいるからだろう。そしてここは君が生まれ育った街だろう。私はいま、そういう街に暮らしているわけだ。そして君と喧嘩をして、こんなところに座っているんだ。どうしたものか。とっくに怒りも悲しみも消えて、すべてがどうでもよくなってしまった。空がきれいで、ジャングルジムが楽しくて。

だから、迎えに来てほしい。呆れた君が私を見上げて、仕方なしに「ごめんね」と謝ってくれるまで、私はここから降りるつもりはない。私を迎えに来ることができるのは、君しかいないのだから。私が待っているのは、君なのだから。

ジャングルジムの頂より愛を込めて

尻と少年

夕暮れ時、お腹がすいてスーパーでカレーパンを買った。
スーパーから出ると、小学校の帰りだろうか、
三人の少年が楽しそうに「なははははは」と笑っている。
平和な光景に心がほっこりあたたまる。
よかったなあ、少年、幸せかい。

すると、その中のひとりがいきなり坂道を駆け上がった。
てっぺんで、キュッと止まって、ズボンをぶりん！

——尻を出した！

少年の尻をみた残りのふたりは、くずれおちるように笑った。
私は坂の下からその光景を呆然《ぼうぜん》と見つめている。

ちょうど夕日が沈む頃のことだった。
あかあかとした夕日が、尻のほうへ落ちていく。

私から見た、尻と夕日の見かけの大きさはほぼ同じだ。

すこしずつ、すこしずつ夕日が尻のうしろに隠れる。
夕日はだんだん欠けていき、光がどんどん失《う》せていく。
尻は、いまかいまかとその時を待っている。

ゆっくりと、ゆっくりと交わる夕日と尻。
ついに、夕日と尻がぴったりと重なったとき、尻はその影を街へ落とした。

真っ暗だ。

少年はしてやったりという顔で尻をズボンに仕舞い、
「お尻を出した子一等賞だよ」と、言った。
私は首がもげそうなほど何度も、何度もうなずいた。
少年たちはどこかへ走って消えてしまった。

つまるところ、尻日食の使い手はうちの近所に住んでいる。

あたらしい東京生活

あたらしい街には

あたらしい街にはマクドナルドがある。

明け方までの作業を終えて、ご褒美気分で朝マックをしに家を出る。この街のマクドナルドで朝マックをするのははじめてだと思いながら朝五時の街を歩いて、ソーセージエッグマフィンとハッシュポテトとオレンジジュースを頼んだ。しばらく待って、番号を呼ばれたのでとりにいくと笑顔のひとが「ソーセージエッグマフィンとハッシュポテトとオレンジジュースでお間違いありませんか」と聞いてくれる。朝五時の笑顔とは思えない、プロの笑顔である。朝五時にプロの笑顔をもらえるありがたさと、朝五時にプロの笑顔はいらないような気もする私のエゴとで心がぐちゃぐちゃになる。「はい」と答えて、受け取ると、口角をひきつらせて必死で笑う彼が私の目をぎろり見つめて「いつもありがとうございます」と言った。私はこの街のマクドナルドに来たのは二回目だし、この時間帯に来るのははじめてだしでびっくりして、受け取った紙袋から、彼の顔に視線を戻すと、もう笑っていなかった。


あたらしい街にはお肉屋がある。

お肉屋のコロッケとはいかにもおいしそうなので買ってみる。受け取ってみると冷めていて、かじってみるとしっとりとして、味はすこしあぶらっぽくて、期待ばかりが悪ですね。


あたらしい街には大きな公園がある。

夜、こころがもやもやしてきたので、近くの公園で本でも読もうと外へ出た。昼は子どもたちで賑《にぎ》わっている大きな公園である。

適当なベンチに座って、本をひらく。

だんだんと、目が夜に慣れてくる。

風の音でもきこうと両耳からイヤホンを外すと、「バア！　バア！」と奇声が聞こえる。びっくりして声のほうを見ると、青色の全身タイツを着ている長髪の人がいる。すごく細い。な、なんだあのひとは。呆気にとられていると、目の前を速いものが横切った。去った背中を目で追うと、腰の曲がったおばあちゃんだった。右を向けば全身タイツが、「ンバアッ！　ンバアッ！」と夜空へ奇声を発している。祈りだろうか？　ふと、飼い主もなしに一匹のブルドッグが目の前を通る。その重たそうな体に見惚《みと》れていたら視線の脇から青色全身タイツが「ブヒャア！　ブヒャア！」と甲高く叫びながら全力疾走でフレームインしてくる。やはり、祈りなのかもしれない。隣のベンチには、アクエリアスの二リットルペットボトルをまるで実家の猫みたいに膝の上に置いて、蒙古《もうこ》タンメン中本《なかもと》のカップラーメンをずるずる食べるおとなしそうな女のひとがいる。

夜は好き勝手やる大人たちで賑わう大きな公園で、私は静かに本を読む。

あたらしい街にはホームセンターがある。

ホームセンターの屋上は駐車場になっているので、高いところに登りたくなったら
そこへ行く。高いところから、このあたらしい街をながめる。
おごそかな風が吹いて、なんか笑いそうになる。

しっぽだったらよかったな

しっぽが生えてくるような痛みが数日つづいた。

鏡にうつしてみると、痛みのもとは、ぽてとふくらんでいる。きもちがわるいし、座っているのもつらくなってきたので、病院へ行ってみると、これは良性の腫瘍である、ということで、いまから手術を、ということになった。ぽて、の部分を切りひらき、膿《うみ》をだす。とりあえずは、そういう手術だということだった。

ベンチのようなベッドにうつぶせになり、半分、尻を出す。

麻酔だけちょっと痛いですからね、と言われ、ぐっとからだに力が入る。

麻酔が打ち込まれる。

ちょっと、と言っていたくせに、芯のあるにぶい痛みが尾てい骨を刺す。

「っ……」

大人だから、声を出したりしないけど、すごくすごく痛い。

声は出さないにしても、尻のあたりに打たれているから、ほとんど反射的に尻に力が入ってピクっと動いてしまう。こんなもの、ほぼ声を出しているようなものじゃないのか。

痛みに耐えつづけ、やっと刺し終わったか、と思ったのも束《つか》の間《ま》、二本目を刺しこまれる。

「っっ…………！」

大人だから、泣いたりしないけど、泣いたりしないけど。

尻がピクっとなるのは、抑えきれない。

お医者さんも知らんふり、見えてないふり、してくれたらいいのに、ピクっ。痛いですよねえ。ピクっ。かわいそうに。ピクっ。もうすこしです。ピクっ。痛いねえ。

ピクっ。もうちょっと。ピクっ。その調子。と、尻にあいづちをうってくる。尻にはあいづちいりません。

二本だか三本だか刺したあたりで、いよいよ、ぽてのところを切って、膿をだす。

「っっっっっ」

「あれ、痛い？」

「ひぃ……（はい）」

「あれえ」

「…………（ピクっ）」

「痛いんだねえ」

「…………（ピクっ）」

「じゃあ麻酔たしますか」

「っっっ……（目から涙がこぼれ落ちる）」

「たしましたよ〜、もう痛くないよ〜」

「っっつう…………（痛いよう）」

「ああ、まあ膿をだすときにいたいのは仕方ないから、はい、出しますよ」
「…………（ビビキっ）」
「仕方ないからね、仕方がないから」
「（仕方が……ないのか……）」
「けっこう膿がね、ありますから」
「（けっこう膿が……あったのか……）」
「はい、終わりです」
「…………（目に涙、心に神様）」
「今日はお風呂入らないでくださいね、抜糸までは運動も湯船も控えてください」
「……（こくん）」
「はい」
「……（こくん）」
「こんなに大きかったからね（両手で三日月マークをつくる）」
「（そんなに大きくなかったのに……まめつぶくらいの大きさだったのに…たしかに

形は三日月だったけど……)」

「では、受付でお待ちください」

「……(ありがとう、さようなら)」

受付で抜糸の予約をとり、会計を済ませて病院を出る。

ぜんぜん尻が痛い。

急に手術することになったことに対してまだ驚いている。事後なのに。なんてことだろう。頭がくらくらする。こころが傷ついている。自分自身に生まれたことが情けなくってたまらない。新宿の片隅でじっと立ち止まり、さめざめと泣く。

それからなんとか歩き出し、痛い尻をひきつれて、エスカレーターをのぼる。帰る前に、何か自分にやさしいことをしてやらないといけない、そう思ったのだった。いたたた。時間が経つにつれて痛みが増してくる。目的の八階につく。タピオカ屋へ、やってきたのである。タピオカの流行《はや》りはとっくに過ぎて、お店もだいぶ減ってしまったけれど、タピオカミルクティーのことはずっと好きなままなのでときどきたべる。思えば、タピオカミルクティーとは、だれひとりとして悪くないのに、自分のこころが傷ついたときにぴったりのたべもの（のみもの）ではないだろうか。

このぶにぶにとした甘くて黒い丸を噛みながら、やさしくてつめたいミルクティーをすう。

こころほぐれて尻いたすぎる。

そう思いながら、新宿の風に吹かれる。

膿を、出したんだ。

きっといいこと、あるはずさ。

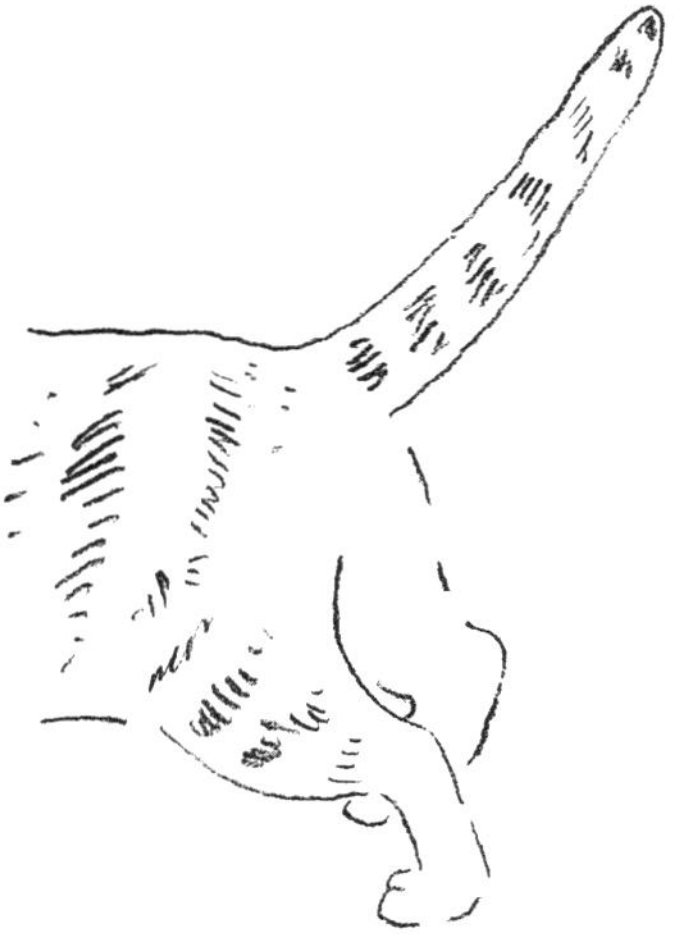

私の動物

おとといの晩、布団にもぐり、泣き出してしまったのは私だ。平静は避暑地へ出かけて帰ってこない。

水族館の大水槽にバリバリとヒビが入り、水が魚が溢《あふ》れて止まらない。動物園の檻《おり》を食いちぎったパンダとキリンが絶叫しながら走っている。涙の最中、頭の中のチャンネルを行き来するようにそういう映像が交互に流れた。私は映像から逃げるようにしてベッドからでて、二人掛けのソファーへ腰掛ける。単純で微《かす》かな鬱屈が、いつの間にか複雑になり、立体的になり、迫力を持ってこちらに迫ってくると泣いてしまう。人生に鬱屈はつきまとう。光は長く続かない。そのとき、つまりバニラアイスを食べているとき、光も涙も私のものだと閃《ひらめ》くようにわかった。鬱屈を、悲しみを、さびしさを、しつこさを、怒りを、はにかみを、なかったことにしたり、薄めたりするのはどうももったいない。光だけを褒めそやしていったいなんになる。
私は地べたで跳ねる魚を網で掬い上げて海へ帰す。走り疲れたパンダとキリンの背を撫《な》でる。よーし、よし、よし。みんなやさしい顔をしている。泣きやんだ私は、立ち上がり、ベッドへ戻る。すやすや眠りにつく。

キリンの首が私の体にぐるんと巻きつき、絞め殺されそうになる夢を見た。私の動物たちを手懐《てなず》けるまでにはまだまだ時間がかかりそうだ。

ハローグッバイ

街いっぱいに春めいている。私が桜の木であれば、たったいま、ぱあぱあ、ひらいてしまいたい。しかし私は、人間だから、浅いグリーンのシャツを脱ぐ。すると私は半袖になって、いさぎのいい感じになる。Tシャツと体の隙間に、春風がぴうと吹く。

東北沢をすこし行ったところに、子供を抱いているひとがいた。すらーと背のたかいそのひとは、サングラスがよく似合っている。私は、彼を知っている。

何年もまえの春。

いまにも仕事を辞めそうな私を、原宿の山頭火《さんとうか》というラーメン屋で彼は引きとめていた。

それは、すでに私がこの店を辞めるのか辞めないのかという話を、私と、先輩と、店のオーナーである彼の三人でさんざん話しこんだあとのことだった。

ふたりでラーメンでも食べようか。

帰り支度をしているところを、彼に誘われた。断れるはずもなかった。

複雑な内心を抱えながら、私は味噌ラーメンをすすった。とても寒い春の夜だった。

彼のなかで、まだ引き止め切れていない感じ、があったのだと思う。彼の察し通り、そのときにはもう、私の心は決まっていた。

「寝坊して遅刻してきたやつを、クビにするのと、殴って許すの、どっちがやさしいかな？」

数時間前、彼は、私にそう聞いたのだった。そして、心は決まったのだ。

ラーメンを食べながらも話は続いたけれど、これからどうするのかを有耶無耶《うやむや》にして、私たちはラーメン屋を出た。

明確な返事はしなかったものの、ふたりの間には、すっかり事はおさまった、というような雰囲気があった。

正直にいえば、一刻も早くこの気まずい感じから解放されたくて、そういう雰囲気をだした、というところもあった。別れ際には、自ら手を差しだして、握手までした。咄嗟《とっさ》のことだった。演技だった。仕事には、二度と行かなかった。

あれ以来のことである。

辞めるつもりならどうして握手なんてしたのか、と彼が握手を中心に怒っていたと、先輩づてに聞いた。そうだよな、怒るなら、そこだよな、と私も思った。

春めく今日。彼は私に気づいているのだろうか。

奇妙なほどに前だけをみて、私はサングラスの横を通り過ぎる。

腹が減って入った松屋で卒業ソングが流れている。

並盛380円の牛めしを自分に自分にかきこみながら、彼の怒った表情ばかりを思い出す。こうしてひとり牛めしをかきこむ私は、私らしくて誇らしい。こんな自由が欲しかったんだ。胸をぐんと張って、味噌汁を飲む。

花束はなくても、許されなくても、おわり騙《だま》せばすべてだめでも、今日が、昨日が、二週間後が、私の門出かもしれず、貴方《あなた》の門出かもしれず、それは必ずしも自分で選べることでなく、さようならさようなら、さようならは突然にやってきて、いつの日か握ってもらったこの手を、寄る辺ないまま振ることになる。ひらひら、ひらひら、振ることになる。それはお互いの門出である。別れとは門出である。出発である。そう言い聞かせるしかなくなってしまって、私は、これ以上、こんにちはと言えないひとを増やしたくない。

先輩

先輩ができた。

先輩はお酒をよく飲む。飲んでいる間は喋るのと飲むのとで忙しいようでほぼ食べない、ので私は話の隙を見つけては先輩の分まで食べている。勢いづいて、ときどき先輩が後で食べようとしていたものまで食べてしまう。そういう時はなにも言わずにもう一皿頼んでくれるような、優しい先輩である。

先輩は友達の友達だった。

私は友達に頼んで先輩を紹介してもらった。

はじめて会ったのは春の終わりの頃で、新宿三丁目のワインバルで待ち合わせた。

先輩は巨大扇風機のような人で、会った瞬間に圧倒的な風量でもって私の文章について言葉をくれた。私は嬉しくて有り難くてこわばって、そのせいでお酒をどんどんと飲んだ。先輩もどんどんと飲んだ。いつの間にすっかり酔っ払って私たちは二軒目へと雪崩《なだ》れ込み、印税生活という名前のカクテルをふたりして飲んだ。こうして先輩を紹介してもらったのには訳があった。出版社と一緒に仕事をしてみると、よくわからないことは星の数ほどあったのだ。馬鹿の私に言わせれば、この業界は暗黙の了解だらけなのである。馬鹿の私に言わせれば、暗黙されては、了解できることもできない。だからこの業界の暗黙を先輩に教えてもらいたかった。聞いてみると、暗黙は、やはりたくさんあるようだった。しかも、人それぞれに暗黙はあるらしかった。それがわかっただけでも、進歩であった。心構えがわかるのだから。やっぱり先輩というのは有り難い存在だ。不安の解消された私は大いに酔っ払って、先輩もやはり大いに酔って、三軒目へ走るように向かった。三軒目のやわらかい椅子に座ったときには、私の胸のうちはたいへんに熱くなっていた。熱くて熱くて涙が出た。いろいろな意味のある涙ではあった。ただ単に酔っ払いの涙でもあった。なあに泣いてるんだ！　と先輩は笑って言いながら、先輩の目はうるんでいた。先輩もまた、なにやら熱いひとなのである。

夏の頃、先輩と会った。

私たちはまた大いに酔っ払って、〇時過ぎの奥渋を真っ直ぐ、真っ直ぐ歩いていた。もう一杯だけ飲んで帰ろう、というのは私たちの暗黙の了解であるから、なにを言わずとも私たちは三軒目となる店を探していた。しかしなかなか見つからない。そんな中、ぽつんと光っていたのはなか卯《う》であった。私たちは吸い込まれるようにしてなか卯に入り、生ビールを頼んだ。私はなか卯の親子丼が好きなので当然のようにそれも頼んだ。なか卯からは段々と人がいなくなり、従業員も裏に引っ込んだまま出てこない。朝定食はまだですよ、と断られていたおじいさんが去ってからというもの、ついに私たちはふたりきり、奥渋のなか卯に閉じ込められたようになって、もうビールなんか入りやしないのに、親子丼をつまみにちびちびのんで、やはり猛烈に熱くなっていた。熱い話をしていると、必ず大事なものの話になる。先輩は大事なものの話をした。家族の話をした。自分の家族の話をした。それから自分の弱さについて話した。

気づけば先輩はぼろぼろと泣いていた。私はなにも言えないまま、目の前のビールを飲んだ。あんまり見つめてもいけないような気がして、なんとなく床をみやれば、テーブルの下から何処か遠くへと一匹のねずみが走り去った。ねずみ、と私はちいさくつぶやいた。それからもう一度、先輩をみた。先輩の涙はひとつも間違っていないと思った。

日高屋ふらふら

誰かと飲んだあと、ふらふらで家の最寄り駅まで着くと、必ず日高屋に入ってしまう。

日高屋に入って、通されるがままにカウンターに腰掛け、生ビールを注文し、飲みなおしてしまう。五目春巻きを頼んでしまう。ときにはおつまみネギチャーシューを頼んでしまう。

ほっといてもらいたい時があるのだ。ひとりになりたいわけではなく、誰かにほっといてもらうのがちょうど良い時があるのだ。

私はひとりの日高屋にて動画も見ないし、連絡も返さないし、本も読まない。ただじっとネギチャーシューを見つめたり、味わったり、揚げたての五目春巻きを無意味に転がしてみたり、かじってみたり、生ビールのジョッキにあつまる水滴を人差し指でなぞってみたり、ぐいぐい飲んだりしながら、人生について考える。母親のことを、父親のことを考える。どこかにいる兄のことを考える。地元の友だちのことを考える。あいつはいまどうしてるか、とかそういうことでなく、ただぼんやりとしあわせでいてほしいとかそういうことを思う。だれかのしあわせをねがうとき、私はしあわせなのだとおもう。二杯ほど飲んだあたりで、中華そばで〆てから家に帰る。

スーパー銭湯は天国じみて

雨降りの月曜日、午後五時。

分厚い雲に覆われた荻窪《おぎくぼ》に私はひとり立っていた。

何度寝たって眠たくて頭がはたらかないから雨だというのに部屋を出て、やってきたのはスーパー銭湯。打ち合わせやらなんやらで荻窪に来るたび気になっては通り過ぎていたこのスーパー銭湯である。

靴箱にサンダルを入れる。そわそわと裸足《はだし》で絨毯《じゅうたん》を踏んでいくと、受付のおねえさんはにっこり私を待ち受ける。はじめてなんです、と言えば、はいはい、といろいろ説明してくれる。館内着やらタオルやらのはいったバッグをふたつもらってエレベーターを上がれば、これはもう天国へ上がってゆくときの、あのなんだかすごくよろこばしそうな顔をした天使たちが、まぶたを閉じてうっすらと笑っている私の周りを、くるくると囲んでは花びらやらきらきらとした星のようなものなどを撒《ま》き散らす祝福感満載のあの感じになってしまう。

女湯の字はうつくしい。

のれんをくぐり、ロッカーを開け、ばらばらと服を脱ぎ捨て、すべってはだめ、すべっては台無し、すべってはだめ、すべっては台無し、心で唱えながら大浴場まできちんと歩く。鏡にうつる自分の腹の、ぷるぷるとした脂肪にさえ、どんな時も今日まで共に生きてきたんだという感慨を覚えてしまうほどに気分がいい。シャワーを浴びて髪も体もがしがし洗えば準備万端である。

シルキーバスと書かれたお湯はうっすら白い、四十度。家のお風呂は何度にしてるんだっけ、と思いながら肩までつかる。ちょうどいい熱さのお湯にまゆげが下がる、下がる、下がる。思い出すのは地元のスーパー銭湯・やすらぎの湯。父が出かけてゆくときにだけ許された母と私のささやかな逃避行。母はいつも、最初にぶくぶくとあわだつお湯につかって、その日いちばんのうれしそうな顔をみせた。あの顔、思い出す。

ほんのりあたたまったのでつぎの湯船へと足を運ぼうと超高濃度炭酸泉と書かれた湯船に足を入れると、温度が低い。とすればここは長湯のためのお湯かもしれない、そう推理して、すぐにでた。もっと後のほうで、たのしむのがきっといい。

となると、私は露天へ向かう。早い気もするけれど、行くと決めたら行くのであるよ、と露天へ向かう。真夏の露天も結局うれしい。荻窪の空はまだまだ明るい。

露天風呂の横には、いわゆるととのうためのスペースが用意されており、いろんな椅子が置いてある。どの椅子に座ろうか、ぜんぶの椅子に座ってみようとひとり企《たくら》む。

体がほかほかとしてきたところでスチームサウナの扉をあける。入ってみると塩がある。バケツ一杯の塩だ。恐る恐る手のひらにのせて、切り身の魚にするのと同じような感じで自分の肌にのせてみる。これがなんだというのだろう、どういう意味で塩をぬるのだろう、魚みたいにいやなものが水分とともにでていくのだろうか、たぶんそういうことであるよな、と塩が肌の上で溶けてゆくのをじっくりと待つ。どんどん肌は濡れてくる、それが溶けた塩なのかふきでた汗なのかわからなくなる、ほっかほっかとなってきたのでシャワーで塩を洗い流す。扉をあけて、水風呂へむかう。どきどきしながら、つめたい水を体にかける。私は水風呂をはじめたばかりなのである。気持ちよさそうに水風呂につかる母を真似《まね》して、つかろうとしてみたけれど、お尻から上はどうしてもつかることのできなかった少女時代よ。されど私は大人になって、水風呂だってへっちゃらさ。言い聞かせつつ胸の前で手を組みながら（心臓をまもるため）からだを沈める。つめたい、つめたい、きもちいい、かも、十秒数えて、すぐにでる。体についた水をふきとり、先ほどの、ととのうための場所へ行く。足を伸ばせるその椅子に体をまかせて、目を閉じ、息を吸い、息を吐く。目を閉じると内側のことに敏感になるから体の内側のささやかなぽかぽかを感じてなんだかうれしいような感じがしてくる、すべては感じの話であって、本当は体に良いとか悪いとかそういうこととは別の話。

しばらく休んで、今度はふつうのサウナに向かう。

午後六時から普通のサウナでアロマロウリュという、アロマ水というい匂いの水を、サウナストーンという熱い石に垂らして、風をおくるイベントがあるよ、と受付のおねえさんに聞いていたので、私はそれを虎視眈々《こしたんたん》ねらっていたのである。

サウナ室に置いてあるテレビでは夕方のニュース番組がうつされている。アロマロウリュをしてくれるおねえさんはだるそうにやってきて、いい匂いの水を熱い石に垂らして、でかいうちわのようなもので、ぶんぶんと風を送ってくれる。いい匂いの熱い風にからだを包まれながら、耳には「歪《いびつ》な家族関係」というアナウンサーの声がやってくる。歪ではない家族関係ってあるのかしら。かなしくなってサウナから出る。水風呂に入る。先ほどまで考えていたことを忘れてしまう。歩き出し、椅子に座って、からだを休める。目を閉じて、ぽかぽかとして、家族のことを思い出す。忘れられないこともままある。

雨降りの月曜日、午後七時。

口をぽっかりあけて眠る淑女たちの中で私はひとり仕事にとりくむ。

他人目《ひとめ》にはiPhoneをだらだらいじっているようにしか見えないけれど、こうみえて仕事をしている。こんなときくらい仕事しないでいいのではと思う向きもあるとは思うのだけれど、自分の考えていることがよくわかったり、言葉がこぼれてくるのはきもちのゆるんでいるときであることが多いのだから、からだをゆるめればおのずときもちもゆるむのだから、私などゆるんだときにこぼれてくる言葉や思いで生活しているようなものなのだから、これほど仕事に向いている瞬間というのもなかなかない、という向きもあるわけである。

雨降りの月曜日、午後九時。
温かな石のベッドのうえに私はだらりと寝ころがる。

つまりは岩盤浴なのだけれど、平日の夜だから人が少ないのか、私の入った部屋には私しかいないのだった。温かな部屋、温かな石を独り占めて、こんなときすら隅をえらんで、私はからだをじっくりあたためる。じんわりと汗がでてくる。あたためると涼むを何度か繰り返してみると、いつのまに自分の肌から玉のような汗がでているのに気づいてうれしくなってくる。人によって汗のでやすいところってちがいませんか。私は、背面なんです。もし今誰かと話をするのなら、そう話しだすのだと思う。私、中学生のとき、バスケットボール部だったんです。運動音痴なのに誘われるままに入ってしまって。それで、夏なんかは、ほんとにたっぷり汗をかくんですよ。汗って不思議でしょう、動いている時よりも止まった時にあふれるでしょう、だからこれでもかってほど走ったり飛んだりしたあと束の間の休憩時間がやってきて、するとみんな風を求めて体育館の外に出て、階段なんかに腰かけてスポーツドリンクをがぶがぶと飲むんですけど、私なんかは座ってたところに、跡がついてしまうんです。お尻の形の、汗の跡がね、つくんです。なんせ背中やらお尻やら膝裏やら、うしろばかりに汗をかくものですからね。ほら今もこうしてうしろばかりに汗をかいているんです。それで一体、あなたの汗はどこからでるんですか。そういう話がしたいと思う。そういう話はあまりしないほうがいいのかもしれないから、ひとりでよかった。

雨上がりの月曜日、午後十一時。
真夏の夜の荻窪で私はひとり歩きだした。
まるで生まれ変わったようにあっさりとした顔をして。

はるなつあきふゆ

黒に交じった白のひげをみていたら、なんだかなつかしいような気持ちになって、父にほおずりされた日のこと思い出した。昨日から剃っていないのであろう父のひげはちくちくを超えて、肌につきささるようで、ほっぺた血だらけになってんじゃないの？　とおそろしくなって鏡へ走ると、うしろのほうから父のうれしそうなわらい声が聞こえてきた。そのようなことを思い出しているうちに、会はどんどんとすすんで、私はずっとひげのあたりを見つめたままで、というより、そのひとだけを見つめているうちに気づけば会は仕舞われていた。そのひとがただ一度だけ、私の目をみて言ったのは「確定申告、自分でしてますか？」ということだったので、はい、とこたえて、それっきり。外へ出れば、ちらちらと雪が降っていて、先ほどまで見つめていたそのひとと、そのご友人たちは姿を消していた。すべては夢に思われた。私は鯨飲していたものだから、どのように歩いてみても足元がふらついてしようがなかったのだけれど、この夜の余韻を味わうために歩いて帰ろうと思った。あつぼったいマフラーを巻きなおし、みんなにわかれをつげて、いまにもすべって尻もちつきそうな雪どけ道をいこうとすると、友人のひとりに肩をつかまれ、近くのバーへつれていかれた。

バーのとびらを開けると、そのひとたちがカウンターに腰掛けていた。ほんとうに偶然なのだけれど、追いかけてきたみたいになっているのではないかしら、と心配になりながら、けれどやっぱりうれしくて、ぽっとしてからうつむいた。友人たちと私は奥のほうにあるソファーに座った。しばらくすると、そのひとがグラスをもって、こちらの席へきてくれた。今晩は花見のような夜であり、友人が友人を呼び、そのまた友人がさらに友人を呼んで……というふうにいつのまに大人数で呑んでいたものだから、みんなすきなようにバーのなかをあっちにいってこっちにいってとしていたので、もしかすると、そのひとの席に、だれかが座ってしまったために、仕方なくこちらにきてくれたのかもしれなかった。私はそのひとの低くてやさしい、落ちついた声をききながら、こころのうちでうなだれていた。自分が自分であることがひどく悲しかった。自分のださやつまらなさはこんな夜さえ隠れてはくれない。バーからでると、そこらじゅうにほの白い花びらが散り落ちていた。なるほど、春も終わりか、と私はゆらゆらうなずいて、花をふみしめ歩きつつ、どさくさにまぎれて、そのひとたちのなかに交じった。

「歌謡曲ナイト」と書かれた看板に誘われて、雑居ビルの二階へ足をふみいれると、そこは明るいバーだった。夜も更けているというのに、初老のふたりがはしゃぐようにビールを呑んでいる。おおきなスピーカーから、よい音で歌謡曲が流れている。いくつものレコードがあり、そのなかから好きなものを選んでマスターに渡すと、そのおおきなスピーカーから流してくれるようだった。みんなで立ち上がり、好きな曲を探した。私は研ナオコさんの「夏をあきらめて」を探したけれど「かもめはかもめ」と「あばよ」はあって「夏をあきらめて」だけがなかった。まだ夏をあきらめなくてもいいのかなァ、などとてきとうなことを思いつつ、山口百恵さんの「ひと夏の経験」をマスターに手渡した。それから順々にみんなの選んだ歌謡曲が流れ、みんなで口ずさみ、お酒を呑んだ。じきに、クリスタルキングの「愛をとりもどせ!!」が流れた。様子をみるに、あの初老のふたりの選んだ曲らしかった。私も、もちろんうれしく聞いていたのだけれど、ついに我慢ができなくなって、「俺との愛を守る為　お前は旅立ち　明日を見うしなった」と裏声で叫ぶように歌うと、そのひとも目をつぶりながら裏声で叫ぶように歌っていた。「微笑み忘れた顔など　見たくはないさ　愛をとりもどせ」ほんとうは歌詞もうろ覚えだったけれど、そんなことはどうでもよかった、この裏声が私の人生のすべてということで、そういうことでよかった。

バーを出て、タクシーに乗った。ねむいね、とそのひとが言うので、はい、とこたえた。はんぱに欠けたほの白い月が、明けた空に懸かっていた。

私家版あとがき

東京は二十三区外にある八王子という町で生まれ育ちました。
なんだ君！　東京生まれじゃないか！　と思う方もいらっしゃるかもしれませんが、
八王子とは威風堂々、東京と名乗ることのできる町ではありません。
八王子とは田舎と都会が混ざり合わずにもたれあうあやふやな町です。
私は生まれ育った町を好きになれないまま、十八歳になり、逃げるように就職して、
東京二十三区内へ上京しました。
本書にはそれからの生活のことを書きました。
地元のことを悪く言ってしまいましたが、南浅川にかかる五月橋《さつきばし》から見る夕日は好

きでした。
干し柿みたいでね、眺めているとなんだかやる気がなくなるんです。素敵でしょう。
とまれかくまれ、手にとってくださった皆さん、ありがとうございました。

二〇二二年二月

小原晩

単行本あとがき

そんなこんなで二〇二二年に自費出版した小さな本が、こうして単行本になりました。単行本化にあたり、十七篇のエッセイを書き足しました。

編集は齋藤由梨亜さん、装丁はtentoの漆原悠一さん、装画と挿絵は私家版に引き続き、佐治みづきさんにお世話になりました。ありがとうございました。

なにより、本書を手に取ってくださった皆さんにとても感謝しています。

二〇二四年九月

小原 晩

初出

「ここで唐揚げ弁当を食べないでください」
「渋谷寮の初夏」
「仮眠と青山」
「赤坂と神様」
「若者」
「春一番」
「回転寿司と四人家族」
「兄はガニ股」
「眠らない夜のきらめき」
「下北沢トロワ・シャンブル」
「パンとか焼いて生きていきたい」
「旨いコーヒーとたまごとソーセージのトースト」
「ストレス解消法は、あります」
「銭湯、限りなく、生」
「下北沢の北京料理屋にて」
「羽根木公園の春昼と短夜」
「代々木公園と元気を出して」

「迷い込む茶亭 羽當」
「幡ヶ谷の三人暮らし」
「最後の夜と救急車」
「京都へゴー」
「ジャングルジムの頂で待つ」
「尻と少年」
　自費出版（私家版）『ここで唐揚げ弁当を食べないでください』をもとに加筆修正
「急につめたくなるもの」
　文藝春秋『文學界』２０２３年12月号をもとに加筆修正
「タコとうんめい」
　amleteron・ここで唐揚げ弁当を食べないでくださいにまつわる展示「初恋」限定エッセイをもとに加筆修正
「私の動物」
　blackbird books・個展「ここで唐揚げ弁当は食べんほうがいいで」限定エッセイをもとに加筆修正
「ハローグッバイ」
　恵文社フリーペーパー『しましま』第四号をもとに加筆修正

ほかは書き下ろしです。

小原 晩　おばら・ばん

1996年、東京生まれ。

2022年、自費出版（私家版）にて『ここで唐揚げ弁当を食べないでください』を刊行。

2023年に『これが生活なのかしらん』（大和書房）を刊行。

ごあいさつの代わりに、好きなものを並べます。

風、湯船、散歩、ひらけた景色、お笑い、太陽の塔、食べたり飲んだり。

ここで唐揚《からあ》げ弁当《べんとう》を食《た》べないでください

2024年11月25日　初版第1刷発行
2025年 5 月22日　初版第6刷発行

著者　小原 晩

発行者　岩野裕一
発行所　株式会社実業之日本社
〒107-0062 東京都港区南青山6-6-22 emergence 2
電話（編集）03-6809-0473　（販売）03-6809-0495
https://www.j-n.co.jp/
小社のプライバシー・ポリシー（個人情報の取り扱い）は
上記ホームページをご覧ください。

印刷・製本　TOPPANクロレ株式会社

イラストレーション　佐治みづき
ブックデザイン　漆原悠一（tento）
編集　齋藤由梨亜

ISBN978-4-408-53869-3（第二文芸）

ここで唐揚げ弁当を食べないでください